모방에서 창조까지 하는
에이전트

모방에서 창조까지 하는 에이전트 7

킹묵 현대 판타지 장편소설

초판 1쇄 찍은 날 § 2023년 2월 17일
초판 1쇄 펴낸 날 § 2023년 2월 24일

지은이 § 킹묵
펴낸이 § 서경석

총괄팀장 § 황창선
편집책임 § 박현성
디자인 § 스튜디오 이너스

펴낸곳 § 도서출판 청어람
등록번호 § 제387-1999-000006호
등록일자 § 1999. 5. 31
어람번호 § 제1-3206호

본사 § 경기도 부천시 부일로 483번길 40 서경B/D 3F (우) 14640
편집부 § 서울특별시 구로구 디지털로 272 한신IT타워 404호 (우) 08389
전화 § 02-6956-0531 팩스 § 02-6956-0532
http://www.chungeoram.com
E-mail § chungeorambook@daum.net

ⓒ 킹묵, 2022

ISBN 979-11-04-92479-8 04810
ISBN 979-11-04-92457-6 (세트)

킹묵 현대 판타지 소설

MODERN FANTASTIC STORY

모방에서 창조까지 하는 에이전트

하는

7

모방에서 창조까지 하는
에이전트

목차

제1장

가면맨

단우가 속한 조각가들부터 찾은 태진은 단원들의 연습을 가만히 쳐다봤다. 바로 가면을 쓰고 등장을 할까 했지만, 그랬다간 들킬 수도 있다는 생각에 약간의 텀을 주고 등장하기로 결정했다.

"여기가 그나마 나은 거 같죠?"

국현의 물음에 태진은 고개를 끄덕거렸다. 하지만 예전하고도 딱히 크게 달라진 건 없어 보였다. 단우는 열심히 하고 있었지만, 단원들과의 관계도 여전히 좋아 보이진 않았다. 물론 단우가 원해서 저런 관계가 되었지만, 이런 환경 속에서 연습하는 게 편하진 않았을 것이었다. 지금도 단우는 선배들의 연기에 대해 지적을 하고 있었다. 그 모습을 보는 수잔은 미간을 찡그렸다.

"다들 성격 있네. 그런데 저렇게 얘기하면 자존심 상하지. 잘
생겨서 그런가 좀 막무가내네."
"그런 거 아니에요."
"에이, 다 보셨잖아요."

모르는 사람이 보면 수잔처럼 보일 수도 있었다. 단원들도 단
우의 마음을 여전히 모르는 듯 보였다. 연극 프로젝트를 기획한
시발점이 '조각가들'이었다. 그렇기에 다른 극단들보다 신경이 쓰
였고, 잘했으면 하는 바람이었다. 하지만 지금 봐서는 다른 극단
들보다 조금 더 나을 뿐이지 그렇게 큰 차이가 없었다.
그때, 국현이 혀를 차며 속삭였다.

"여기는 단장이 문제예요."
"단장님이 왜요?"
"너무 우유부단하잖아요. 지금도 저기 봐요. 단원들하고 친한
것도 있고 단원들 기가 센 것도 있는데 사람들이 말하는 거마다
다 맞다고 하니까 배가 산으로 가잖아요."

이 부분은 태진도 느꼈던 것이었다.

"아시잖아요. 사방팔방에서 라디오 켜 버리면 들리는 게 있겠
어요? 연출도 단장이니까 단장이 카리스마 있게 이건 이렇게 해!

저건 저렇게 하고! 그래야죠. 의견을 참고하더라도 '좋은 생각이네, 고려해 보자' 이런 식으로 하는 게 맞죠. 저 봐! 지금도 의견 내니까 말도 못 하고 저대로 하게 내버려 두잖아요."

"음."

"이게 팀장님이 등장하더라도 단장 때문에 제대로 효과를 못 볼 거 같아요. 되도 않는 연기 하면서 지들이 짱인 줄 알고 저러는데. 그러니까 권단우가 저러지. 후배 앞에서 저런 연기 하는 걸 부끄러워해야지. 그걸 또 싫어서. 어휴, 시나리오만 괜찮으면 뭐 해. 이건 완전 총체적 난국이에요."

태진도 같은 생각이었다. 이러다가는 다른 극단들보다도 못한 상태가 될 수도 있었다.

"만약에 팀장님이 카리스마가 있으면 그나마 나을 텐데 팀장님도 카리스마보다는 포용하는 스타일이잖아요. 아니지, 아까 그 이상한 장군인 척하면 되겠네."

국현은 농담으로 한 얘기였지만, 태진은 농담으로 받아들이지 않았다. 지금까지도 어떻게 연기의 방향을 잡아 줄지 고민이 되었는데 국현 덕분에 방향을 잡은 듯했다.

"좋아요. 그럼 이제 슬슬 등장하죠."

"그러시죠. 그런데 단우 씨가 저래서야 음, 바람잡이는 영 안 될 거 같은데. 지금 사람들 봐서는 가면맨 안 본 사람도 있는 거 같은데."

"그래도 해야죠. 일단 준비하죠."

"전 언제든지 준비되어 있습니다. 수잔 씨만 준비되면!"

"저도 괜찮아요. 아까 오면서 짠 대로 하면 되는 거잖아요."

이미 어떻게 등장할지 생각을 말을 마친 상태였기에 태진은 천천히 자리에서 일어났다. 그러자 이쪽을 보던 단우가 의미심장한 표정으로 고개를 끄덕거렸다. 전에 연습실에서 가면을 쓴 모습을 봤기에 단우만큼은 속지 않을 거라고 생각했다. 그리고 이미 태진의 연기도 봤기에 어설프게 거짓말하기보다는 아예 같은 편으로 영입하는 쪽을 선택했다. 하지만 지금 모습을 봐서는 크게 도움이 되진 않을 것 같았다.

"드릴 말씀이 있습니다."

태진의 말에 단원들이 연습을 멈추고 태진을 봤다.

"플레이스에서 전달받으셨죠? 연기를 좀 봐주실 분을 모셨어요."

단원들은 별다른 반응을 보이지 않았지만, 단장은 환하게 웃으며 박수까지 보냈다.

"정말 감사합니다. 우리 친구들이 잘하긴 하는데 그래도 외부인이 객관적으로 보는 건 또 다를 수 있거든요. 마침 필요하던 참이었습니다. 그런데 어떤 분이신지. 그 얘기는 못 들었거든요."

"혹시 다들 라이브 액팅 영상에서 가면 쓰고 연기하는 영상 올라온 거 보셨나요?"

태진의 질문에 몇몇 단원들은 안다는 듯이 고개를 끄덕거렸고, 모르는 사람들에게 어떤 연기를 했는지 설명까지 해 주었다. 하지만 그렇게 큰 반응은 아니었다. 그때, 단우의 모습이 눈에 들어왔다. 눈을 이리저리 굴려 가며 주변을 살피더니 갑자기 큰 목소리로 말했다.

"아! 그분이요! 저 뵌 적 있어요. 전에 연습할 때 봤는데 연기 진짜 잘하시더라고요."

약간 어색하긴 했지만, 못 봐줄 정도는 아니었다. 그래서인지 단원들도 관심을 보였다. 물론 단우의 말에 맞장구치는 사람은 없었지만 기대는 되는 모양이었다.

"이제 곧 오실 거예요. 저희가 모시고 올 테니까 잠시만 기다려 주세요."
"수잔하고 국현 씨는 남아 계세요."

그러자 국현이 약속한 대로 태진의 옆에 따라붙었다.

"저도 같이 가는 게 어떨까요? 선생님 모셔 오는데 좀 환영한
다는 느낌을 드리는 게 좋을 것 같아서요."

"그렇겠네요. 좋아요. 그럼 같이 가죠."

여기까지는 계획대로였다. 그런데 단장이 갑자기 변수를 만들
었다.

"그럼 저도 같이 가겠습니다. 둘보다는 셋이 더 환영하는 느낌
을 줄 거 같은데요."

"아니에요. 번거로울 텐데 그냥 계세요."

"번거롭긴요. 도와주러 오신 분인데."

"그냥 계셔도 돼요."

평소엔 단원들 말에 휘둘리면서도 이럴 땐 또 말을 안 듣고
따라나설 기세였다. 그때, 단원들이 다행히 도와주었다.

"형, 가만히 좀 있어요."

"오빠는 그냥 있는 게 도와주는 거라니까 왜 같이 가려고 그
래요."

"아! 그런가? 하하."

단원들의 꾸지람에 단장은 한발 물러섰다. 단원들에게 무슨
책을 잡힌 것도 아닐 텐데 굉장히 속없는 사람처럼 느껴졌다. 이
럴 땐 또 기가 센 단원들이 도움이 되었다. 태진은 단원들을 뒤

로하고 국현과 서둘러 밖으로 나왔다.

그렇게 밖으로 나온 태진은 건물에서 조금 떨어진 곳에 주차해 놓은 차에 올라탔다. 그러고는 입고 있는 옷을 벗고 준비해 놓은 옷으로 갈아입었다.

"자, 여기요."

태진은 벗은 옷을 뒷자석에 있는 국현에게 건넸다.

"네! 그런데… 다음에는 그냥 팀장님 옷하고 똑같은 걸 사 둬야겠어요. 아! 팀장님이 입던 거라서 찝찝하다는 게 아니라! 아! 왜 티셔츠가 아니라 셔츠를 입냐고 뭐라 하는 게 아니라! 차가 작아서 힘들다는 것도 아니고요! 농담입니다!"

"아니에요. 차는 못 바꿔도 옷은 제가 준비할게요."

"농담이라니까요. 여기 왁스요! 완전 달라 보이게 머리 빡 세우시고!"

태진은 새 옷을 입고, 국현은 태진이 입고 있던 옷으로 갈아입었다. 라액의 영상에 나왔을 때와 똑같은 모습이었다. 정장에 하얀색 티였고 거기에 가면까지 장착했다. 그리고 국현도 방금 태진이 입고 있던 셔츠와 바지, 재킷까지 걸쳤다. 국현은 옷을 정리하며 말했다.

"좀 크긴 한데 멀리서 보면 잘 모르겠죠? 밤이라 잘 안 보이겠지 뭐. 그런데 팀장님 가면 쓰니까 진짜 다른 사람 같은데요?"

"그래요? 다행이네요. 휴,"

"말투! 목소리 바꿔야죠!"

"아! 생각한 거 있어요. 한번 해 볼게요."

태진은 가면을 살짝 만지고는 목을 약간 기울였다. 그러고는 핸들에 한 손을 올린 채로 룸미러를 쳐다봤다.

"가자고."

"어, 뭐야! 진짜 뭐예요. 진짜 깜짝 놀랐네."

"이상해요?"

"목소리가 완전 다른데요? 목소리 완전 쉰 목소리였는데!"

"일부러 그렇게 한 거예요."

"일부러 그게 돼요?"

"목에 힘을 좀 주고 호흡을 많이 섞으면 돼요."

"어우, 이러면 아예 모르겠네. 방금 일본 야쿠자 보스 같은 그런 느낌이었어요!"

"야쿠자 보스는 아니고 건달 같은 느낌으로 하긴 했어요."

"아무튼요. 괜히 걱정했네! 스고이데스네!"

태진은 만족스러워하며 차에서 내렸다. 그러고는 국현에게 차 키를 건네주었다.

"저기 저 앞에 전봇대에서 뒤로 서 계시면 돼요."

"알죠! 걱정 마세요. 일어나니까 옷이 더 크네. 까치발을 좀 해야겠네."

"그럼 갈까요."

"잠시만요! 수잔한테 전화해야죠!"

"맞다."

나름대로 계획을 짜긴 했지만, 처음이다 보니 허술한 면이 있었다.

"수잔, 우리 출발해요."

―네! 혼자 가시겠대요?

"크크크, 잘하네? 역시 연극배우 출신!"

―아… 팀장님도요? 갑자기요? 국현 씨는요? 아, 국현 씨는 남고요. 인사라도 하고 가시지.

"자, 이제 우리 갑니다."

―알겠습니다. 일단 선생님 오시나 봐야겠네요!

서로 다른 얘기를 하고 있었고, 이것도 다 약속이 된 것이었다. 국현은 먼저 앞으로 나가 전봇대 근처에 서 있었고, 태진은 골목에서 나와 태권도장이 있는 곳으로 향했다. 그리고 순간 태권도장의 작은 창문으로 고개 하나가 튀어나왔다. 거기를 신경 쓰고 있어서 보이는 것이지 신경을 쓰지 않았다면 눈치채지도 못했을 거리였다.

태진은 수잔의 시선이 신경 쓰였지만, 애써 외면한 채 걸음을

옮겼다. 야밤에 가면까지 쓰고 다니는 모습을 만약 모르는 사람
이 봤다면 신고했을 수도 있을 것 같았다. 그럼에도 태진은 걸음
걸이를 신경 쓰느라 주변까지 신경 쓸 겨를이 없었다. 그때, 태
권도장 창문으로 머리가 하나둘씩 나오기 시작했다.

 딱 적당한 각도였다. 전봇대 밑에서 통화하는 국현과 자신이
함께 보일 수 있는 그런 각도였다. 아마 수잔이 이런 상황을 만
들었을 것이었다. 지금까지는 계획한 대로 되어 가고 있지만, 태
권도장이 가까워질수록 점점 긴장되었다. 들킬 것 같다는 생각
에 가슴이 쿵쿵거렸고, 태진은 심장 소리에 발맞춰 계단을 올랐
다. 그렇게 도장 앞에 도착하자 문이 열리며 수잔이 나타났다.

 "선생님, 어서오세요."
 "그래요."

 쇳소리에 수잔은 깜짝 놀랐지만, 이내 정신을 차리고 태진을
안내했다.

 "제가 마중이라도 나갔어야 했는데 죄송합니다."
 "됐어요. 한 팀장도 내가 가라고 했는데 뭘 그대까지 나오나."
 "요즘 일이 좀 많아서요. 아까도 통화하고 계시더라고요."
 "오케이. 한 팀장 사정을 내가 계속 들을 필요도 없잖아요. 거
기까지."

 약속과 약간 다른 연기에도 수잔이 잘 받아 상황을 이어 나

갔다. 다만 수잔도 달라도 너무 다른 태진의 모습에 정말 태진이 맞는지 의심의 눈초리를 보였다. 그때, 단장이 인사를 하기 위해 앞으로 나왔다.

"안녕하세요. 극단 '조각가들'의 단장을 맡고 있는 박한걸이라고 합니다. 이렇게 와 주셔서 감사합니다."
"그래요."

태진은 일부러 건성으로 인사를 받았다. 그러면서도 단장이 기분 나빠할까 봐 걱정했는데 단장은 전혀 기분 나빠하는 모습이 아니었다. 언제 봤다고 굽신굽신거리며 뒤로 물러났고 오히려 다른 단원들이 기분 나빠하는 표정들이었다. 태진은 그런 단원들 중 한 명을 가리켰다.

"어이, 그대. 의자 좀 가져와요."

손가락을 까닥거리는 모습에 기분이 나쁘다는 게 표정으로 다 보였다. 그럼에도 태진이 말한 대로 의자를 가져왔다. 물론 기분이 나쁜 걸 어필하려고 대충 놓고 가 버렸고, 태진은 기세 싸움을 하려고 그것을 걸고넘어졌다.

"아이 진짜, 이 씨. 여기서 연습하는 게 보이나? 저기 둬야 보이지."

그러자 단원이 못 참겠는지 눈을 부라리더니 입을 열었다.

"저기요. 몇 살이신데 반말이세요? 아무리 연기를 봐주러 왔다고 해도 예의는 있어야 할 거 아닙니까."

순간 진심으로 당황했다. 자신이 너무 세게 나가 선을 넘은 듯했다. 하지만 이미 넘어 버린 선을 다시 돌아갈 수는 없었기에 태진은 최대한 지금 흉내 내고 있는 캐릭터를 끄집어냈다.

"예의? 예으이의? 난 연기만 보고 판단해. 그대 연기가 그 정도 수준인가?"
"무슨 자꾸 그대래. 내가 왜 그쪽 그대예요."
"그대 뜻도 모르면서 연극을 한다고. 안 봐도 수준이 보이네."
"지금 싸우자는 겁니까?"

그러자 지켜보던 수잔이 중재를 하기 위해 앞으로 나왔다. 그리고 수잔은 자연스럽게 태진의 편을 들었다.

"왜 그러세요. 선생님 어렵게 모셨는데 좀 참아 주세요."
"아니, 누가 불러 달랬어요?"
"팀장님이 정말 노력 많이 하셔서 모셨는데… 부탁드립니다."
"보셨잖아요. 먼저 저렇게 나오는데 참아야 합니까? 한 팀장님한테는 내가 사과를 하더라도 지금은 못 참겠습니다! 아니, 내가 지금 내려가서 사과하고 이거 없던 일로 할게요."

"팀장님 가셨어요."

"아까 저기서 통화하는 거 봤어요!"

단원의 화가 잔뜩 난 말에 수잔은 고개를 돌린 채 태진을 봤고, 태진은 수잔의 입모양을 가만히 쳐다봤다.

'완전 속았어요!'

지금 태진과 얘기 중임에도 사과를 하겠다는 말을 보면 태진이라고는 전혀 생각하지 못한 모양이었다. 태진은 그 기세를 몰아 의자를 발로 툭 쳐 가운데로 밀어 놓고는 거기에 다리를 꼰 채 드러눕듯 앉았다.

"오케이. 내가 실수했다 치고, 그 정도 대우를 받을 수 있는지 한번 봅시다."

"건달이야, 뭐야."

여기저기서 웅성거리는 말이 들렸지만, 태진은 개의치 않고 시작하라는 듯 손가락만 까닥거렸다.

＊　　　　＊　　　　＊

국현은 부리나케 다시 자신의 옷으로 갈아입고 도장으로 돌아왔다. 태진이 어떻게 연기 지도를 할지 듣긴 했지만 계획과 실제는 다룰 수 있었다.

"아이고, 팀장님이 너무 바쁘……."
"쉿, 아무 말 하지 말고 이리 와요."

중구난방으로 연습하던 아까와는 전혀 다른 분위기였다. 인상을 찡그린 사람도 있었고, 잔뜩 긴장을 하고 있는 사람도 보였다. 그리고 그 사람들은 전부 가면을 쓰고 있는 태진을 쳐다보는 중이었다.

"분위기가 왜 이래요?"
"팀, 아니… 가면맨 너무 막 나가는 거 같은데요?"
"네? 왜요?"

수잔은 주변을 살피고는 국현의 귀에 손을 가져갔다.

"내가 알던 사람이 아닌 거 같아요! 진짜 팀장님 맞죠?"
"무슨 말을……."

수잔의 말을 듣고 태진을 살펴보자 자세부터 이상했다. 항상 반듯이 앉아 있던 태진과 달랐다. 팔짱을 낀 채 다리는 쩍 벌리고 있었고, 의자에서 미끄러지는 건 아닐까 싶을 정도로 반쯤 드러누워 있는 상태였다.

"왜 저래요? 깡패야?"

"몰라요! 진짜 깡패 같아요. 말투만 그렇게 할 줄 알았는데 이건 그냥 하는 짓부터가 깡패예요."

"진짜 완전 다른 사람 같네."

국현이 고개를 갸웃거리며 태진을 볼 때 갑자기 태진이 이쪽을 쳐다봤다. 가볍게 고개를 숙여 돌아왔다는 인사를 하려 할 때, 태진이 손가락으로 국현을 가리켰다.

"나가."

"네?"

"연습하는데 시끄럽게 할 거면 나가라고."

"네?"

"귓구멍이 막혔나."

그때, 수잔이 국현의 옆구리를 찔렀고, 국현은 그제야 서둘러 사과를 했다.

"죄송합니다. 선생님. 입 다물고 있겠습니다!"

그러자 태진이 손가락을 내려놓고선 말했다.

"숨도 쉬지 말고 있어."

"네! 알겠습니다."

대답을 한 국현은 자신도 모르게 가슴을 쓸어내렸다. 태진의 장단에 맞춰 대답을 한 게 아니라 진심으로 대답이 나와 버렸다.

'진짜 팀장님 맞나?'

같이 옷을 갈아입었던 국현마저 지금 저 사람이 태진이 맞는 건지 헷갈릴 정도였다. 그러다 보니 조각가들 단원들은 아예 태진이라고 생각을 하지 못할 것이었다. 그때, 다시 태진의 입이 열렸다.

"지방방송 꺼졌으니까 다시 시작."

그와 동시에 이 상황이 못마땅한지 얼굴을 찡그리고 있는 단원과 익숙한 얼굴인 단우가 나왔다. 단우도 지금 앞에 있는 사람이 태진이라는 걸 알고 있으면서도 의심하는 눈빛이었다. 그때, 태진이 시작하라는 듯 손가락을 휘저었다. 그러자 단우가 헛기침을 하고는 입을 열었다.

"신 6 시작하겠습니다."

극의 초반부 성형 수술을 한 뒤 첫 외출을 하는 장면으로, 자신의 외모에 걱정과 기대를 하는 모습을 보여 주는 씬이었다. 단우가 어기적어기적 걷는 시늉을 시작했다. 그에 맞춰 상대역으로 나온 단원이 단우의 팔을 잡으며 연기를 시작했다.

"저기요! 저기요! 이봐요!"
"저요?"
"네! 그쪽이요! 어후, 힘들어라."

단우는 경계하는 모습을 보여 주기 위해 살짝 뒷걸음을 쳤다.

"저! 나쁜 사람이 아니고요. 다름이 아니라 지금 혹시 어디 소속되어 있는 곳이 있는지 궁금해서요. 혹시라도 없으시면 오디션 한번 보러 오시지 않을래요?"
"네? 저요?"
"네! 그쪽이요. 연습생 아니시구나! 잘됐네요! 잠시만요! 전 이런 사람……."

대사가 끝나기도 전에 태진이 손가락을 까딱거리며 중단시켰다. 그러고는 못마땅해하고 있는 단원을 가리켰다.

"그만. 그대는 어떤 설정으로 연기를 하는 건가?"

태진의 반말이 마음에 들지 않는지 인상을 찡그린 채 대답했다.

"잠깐 지나가는 역인데 무슨 설정이 있어요."

"단역이면 대충 해도 된다?"

"아니… 그런 건 아닌데. 저 말고도 뒤에 더 많이 나오는데요."

"그래서 대충 해도 된다?"

"아니… 그런 건 아니죠."

"그럼?"

단원은 더 이상 태진의 반말에 신경을 쓰지 못하는 것처럼 보였다. 그저 변명을 찾기 바빠 보였다.

"아! 대충 하는 게 아니라 제가 여기서 너무 눈에 띄면 안 되니까 그런 거죠. 모르시겠지만 다른 역에도 제가 나옵니다."

"27신부터 나오는 역?"

"어?"

태진이 알고 있을 줄은 몰랐던 모양인지 단원은 순간 당황했다. 그런 단원의 모습을 본 태진은 자세를 고쳐 잡더니 말을 이었다.

"그래도 생각은 있네. 그런데 생각이 있는 사람이 그런 연기를 하는 게 이상한데?"

"……."

"눈에 띄면 안 된다면서 지금 한 연기는 나 좀 봐 달라는 그런 연기였는데. 내가 잘못 본 건가? 극 초반인데 깡패 같은 연기를 하면 관객 입장에서는 저놈이 빌런인가 생각하면서 지켜볼 텐데. 그렇다고 분장을 하는 거면 몰라. 그런데 딱히 그런 것도 아니야. 그럼 앞에서 지금 연기를 보고 당신을 알아본 관객들은 그놈이 그놈인 줄 알 테고, 그럼 혼란이 생길 테고.”

아무런 대꾸도 하지 않은 채 듣고 있던 단원은 태진의 말이 끝나자 이해했다는 듯이 고개를 끄덕거렸다.

“상황 전달을 하려다 보니까… 좀 과했네요.”
“알면 됐고.”

이번 역시 태진은 들어가라는 듯 손을 흔들었다. 다만 단원의 태도가 조금 달라졌다. 들어가라는 손짓에 기분이 상할 수도 있었건만 단원은 고개를 살짝 숙이고는 자리로 돌아갔다. 그러자 다른 단원이 조용히 속삭였다.

“재영이 형, 저 새끼 그냥 또라이니까 신경 쓰지 마요. 잘 알지도 못하면서 뭔 개소리를 저렇게도 장황하게 하는지.”
“잘 모르는데 내가 어떤 신에 나오고 어떤 분장을 하는지 어떻게 알았을까.”
“그거야 대본 보고 나왔겠죠.”
“찾아보지도 않고 바로 말했잖아. 다 알고 있는 거 같더라. 그리고 생각해 보면 저 사람 말이 맞는 거 같아.”
“아이, 왜 그래요. 잘했어요.”

"아니야. 받쳐 주는 역인 만큼 힘을 빼야 되는데… 권단우한
테 꿀리기 싫어서 힘이 좀 들어갔거든. 후……."

그 말을 하고는 먼저 연기를 하고 지적을 당한 뒤 돌아왔던
단원들과 마찬가지로 인상을 푼 채 태진을 지켜봤다. 그때, 태진
이 입을 열었다.

"그대, 아니, 권단우 씨는 지금 뭐 할 얘기가 없고 다음에요."

주연인 만큼 단우는 이번이 처음 나온 게 아니었다. 그리고
단우도 다른 단원들과 마찬가지로 태진에게 '그대'라는 호칭으로
불렸는데 이번에는 이름으로 불리며 존댓말을 듣고 있었다. 그
모습을 보던 수잔은 입이 근질거리는 걸 참지 못하고 국현에게
속삭였다.

"가면맨, 완전 여우죠?"
"왜요?"
"존댓말로 상을 주잖아요. 저 사람들 봐요. 연기 잘해서 존댓
말 들을려고 표정이 싹 바뀌잖아요. 진짜 이런 거 보면 우리 순
둥이 팀장이 아닌 거 같고."
"아, 그러네. 진짜 가면만 쓰면 다른 사람이네."

수잔과 국현이 감탄을 하며 태진을 쳐다볼 때, 태진과 눈이
마주쳤다. 그에 잘하고 있다는 응원의 미소를 보냈고, 두 사람의

미소를 받은 태진이 입을 열었다.

  "둘 다 나가."

*   *   *

  며칠 뒤. 플레이스 소속으로 연극배우부터 시작해 지금은 영화와 드라마에만 출연하고 있는 배우 윤미숙은 매니저와 함께 이동 중이었다.

  "누나, 죄송해요."
  "뭘 죄송해. 내가 한다고 한 건데."
  "실장님한테 제가 누님 촬영 때문에 바쁘시다고 말씀드렸는데도 누님 아니면 안 된다고 해서요."
  "괜찮아. 창진이한테도 연락 왔어. 창진이도 회사에서 지시받은 거라고 곤란해하던데? 그리고 뭐 어려운 것도 아니니까 괜찮아."
  "휴, 아무튼 그냥 사진만 찍고 오시면 돼요."

  플레이스 소속의 배우들이 각 극단을 응원하는 포맷이었고, 윤미숙은 단우가 속한 조각가들을 맡게 되었다. 지금은 보여 주기 형식으로 홍보용 사진을 촬영하기 위해 방문하는 중이었다.

  "그런데 뭐 이렇게 야밤에 연습들을 하는지. 누님 피곤하시게."

"괜찮다니까. 아마도 다 돈이 없어서 그럴 거야. 연습실도 어디 상가 빌려서 하는 거라며."

"네, 맞아요. 태권도장이래요."

"얼마나 힘들겠어. 나도 옛날에 연극할 때 하루에 라면 한 끼로 버틴 적도 있어."

"누님이요?"

"왜, 난 안 그랬을 거 같아? 다 그렇게 시작해."

"상상이 안 되는데요? 누님 연기면 바로 스타로 시작했을 거 같은데!"

"아부는. 그나저나 내일 일찍 촬영 있어서 일찍 가서 쉬어야 되는데. 도착하려면 아직 멀었어?"

중년의 나이임에도 여전히 활발한 활동을 하고 있었고, 지금도 드라마 촬영을 끝내고 바로 온 것이었다. 옆에서 지켜본 매니저는 윤미숙이 피로가 얼마나 쌓여 있는지 잘 알기에 안타까운 목소리로 대답했다.

"이제 다 오긴 했어요. 그런데 진짜 안 오셔도 되는데. 그냥 SNS로만 응원해도 된다고 했어요."

"어떻게 그러니. 내가 응원하는 극단이 어떤지도 보고 그래야지."

"딱 봐도 이름 없는 그런 극단이던데요. 그냥 컨텐츠 팀에서 뭐 하는데 도와 달라는 형식이에요. 사실 이것도 같은 회사라는 이유로 이러면 안 되는 건데."

"뭐 어때. 도와줄 수 있으면 도와주는 거지."

"누님은 천사세요?"

"또 또, 그런 소리 하지 말라니까. 남들 들으면 손가락질해. 그런 소리는 됐고, 가기 전에 편의점에나 들러서 음료수라도 사 가자."

"뭐 하러 그러세요. 그냥 가도 되는데."

"에이, 연극하는 후배들이니까 열심히 하라는 의미지."

매니저는 웃으며 고개를 끄덕거렸다. 이창진이 윤미숙을 선택한 이유가 바로 이런 면 때문일 것이었다. 누구에게나 친절했고, 온화한 성격을 가졌기에 바쁜 스케줄 때문에 연습에 도움은 주지 못하더라도 응원은 제대로 해 줄 것이었다.

근처 편의점에서 음료수를 가득 사 들고 태권도장에 도착한 윤미숙은 매니저와 함께 계단을 올라갔다. 그런데 태권도장 앞에 남녀 두 사람이 문에 귀를 대고 있는 모습이 보였다. 수상한 그 모습에 매니저가 앞으로 나섰다.

"여기 조각가들 연습하는 곳 아닌가요?"

매니저의 말에 두 사람이 화들짝 놀라며 한 걸음 물러섰다. 그러더니 남자가 뒤에 있는 윤미숙을 쳐다봤다.

"아, 네. 맞습니다. 어? 윤미숙 배우님 아니세요? 안녕하세요! 저 김국현입니다!"

뒤에 있던 윤미숙은 미소를 지으며 인사를 받았지만, 국현의 얼굴이 기억이 나질 않는 듯했다.

"우리 언제 만난 적 있나요……?"

"있죠! 예전에 상록수 출연하실 때 저 EP스튜디오 스태프였습니다!"

"아, 그래요."

여전히 기억나진 않았지만, 윤미숙은 미소로 인사를 해 주었다.

"그런데 배우님이 여긴 어쩐 일이세요?"

"난 회사 일 때문에 왔어요."

"아! 조각가들 응원하시는 분이 배우님이셨구나. 플레이스도 말을 좀 해 주지. 아! 전 지금은 MfB에서 일하고 있거든요. 지금 플레이스에서 하는 프로젝트 같이하고 있습니다."

"아하."

"지금 연습하고 있는데 들어가시면 될 겁니다!"

"그래요."

그때, 국현의 옆에 있던 여자가 멋쩍은 표정으로 조심스럽게 입을 열었다.

"안녕하세요. 전 MfB 에이전트 박수진이라고 합니다."

"네, 반가워요."

"지금 안에 연기 지도 선생님이 계신데⋯ 조금 까칠하시거든요. 원래 그런 분이 아닌데 연습할 때만 그러세요. 미리 말씀드리는 게 좋을 거 같아서⋯⋯."

"그래요? 누굴까. 내가 아는 사람인가요?"

"아마 모르실 거예요."

"그래요. 그럼 조용히 들어가죠."

"뭐 사 오신 건 제가 들고 갈게요."

국현과 수잔이 문을 열고 앞장서더니 도둑이라도 되는 듯 살금살금 움직였고, 윤미숙과 매니저도 덩달아 조용히 그 뒤를 따랐다. 그러고는 구석에 자리를 잡고는 단원들을 쳐다봤다. 아무리 조용히 들어왔다고 하더라도 눈길 한 번은 줄 법한데 다들 자신들의 연기에만 몰두하고 있었다. 심지어는 대기 중인 단원들마저 연기 중인 단원들과 호흡을 맞추는 모습이 놀라웠다. 그러다 보니 어떤 연기를 펼칠지 약간 기대마저 하게 되었다. 그때, 어떤 사람이 자리에서 일어나는 모습이 보였다.

윤미숙은 의아한 표정으로 국현에게 질문했다.

"저분이 연출이세요?"

"연출은 아니고 좀 전에 말씀드린 연기 지도 해 주시는 분이세요."

"뭐라고요? 잘 안 들려요."

"아! 연기 지도 해 주시는 분이세요."

목소리가 조금 커짐과 동시에 태진의 고개가 돌아갔다. 국현은 순간 많은 생각이 스쳐 지나갔다. 태진이 윤미숙에게도 같은 짓을 할지도 궁금했지만, 한편으로는 원래 태진의 모습이 나오진 않을까 걱정도 되었다. 그때, 태진이 쫙 벌리고 있던 다리를 오므리고는 자리에서 일어났다.

"안녕하세요, 선생님."
"네? 아, 네."

태진은 걷는 폼은 여전히 건들거리면서도 인사만큼은 정중하게 건넸다. 건들거리는 걸 유지하면서도 정중한 인사는 국현이 생각하지 못했던 모습이었다. 뭔가 괴리감이 느껴졌지만, 단원들의 모습을 보자 단번에 알 수 있었다. 다들 태진에게 저런 대우를 받겠다는 다짐을 하는 모습들이었다. 그때, 태진의 말이 이어졌다.

"잠시만 기다려 주세요. 이제 거의 끝나 갑니다. 끝나면 단원들하고 인사하시죠."
"그래요. 그런데 좀 이상하네. 목소리가 굉장히 익숙하네."
"처음 뵙는 겁니다."
"그런가… 알았어요. 연습 방해해서 미안해요."
"아닙니다."

태진은 다시 정중한 인사를 건네고는 자리로 돌아갔다. 그러고는 아까와 마찬가지로 다리를 쫙 벌리고 의자에 반쯤 드러누운 채 다시 손가락으로 사람들을 가리켰다. 그런 모습을 보는 윤미숙은 의아해하며 국현에게 말했다.

"누구예요?"
"저희도 잘 모릅니다. 혹시 라이브 액팅 보셨어요?"
"듣긴 했는데 보진 않았어요. 거기 나오는 사람인가?"

그때, 매니저가 알았다는 듯 손가락을 튕겼다.

"아, 그 사람이구나. 누님! 요즘 라이브 액팅에서 가면맨이라고 불리는 사람이에요."
"넌 봤어?"
"봤죠. 이창진 실장님이 하는 거라서 봐야죠. 영상에서 연기 잘한다고 엄청 칭찬받는 사람이에요."
"그렇게 유명해?"
"유명한 건 잘 모르겠는데 연기는 잘하더라고요. 전 처음 봤는데 화면으로 봤던 연기는 소름 끼치던데요."
"그 정도야? 신기하네. 그런데 왜 가면을 쓰고 있대."
"컨셉인가 봐요. 이따 뭐 인사하겠죠. 궁금하세요?"
"꼭 그런 건 아닌데 목소리가 익숙해서."

그때, 태진의 고개가 또다시 이쪽을 향하더니 매니저를 손가락으로 가리켰다.

"나가."
"저요?"
"그대는 떠들 거면 나가고 선생님은 편하게 말씀하셔도 됩니다."

완벽한 차별 대우에 매니저는 어찌해야 할지 모르는 표정으로 고개를 돌려 가며 도움을 요청했다. 하지만 국현과 수잔은 그런 매니저의 눈빛을 외면하고 있었다. 그러자 윤미숙이 미안하다는 듯 손을 모으더니 대신 사과했다.

"미안해요. 조용할게요."
"선생님은 괜찮습니다."
"내가 말 시켜서 그랬어요. 미안해요."

매니저는 억울하다는 표정을 지었다. 그것도 잠시, 자신이 순간 태진의 반말을 자연스럽게 수긍했다는 것이 떠올랐다. 매니저를 꽤 오래 해 오며 이런저런 사람을 많이 만나 봤고, 어떤 상황이 오더라도 자연스럽게 넘길 수 있다 생각했었는데 지금은 마치 자신이 신입 매니저 시절로 돌아간 것만 같았다. 그 정도로 순간 위축이 되어 버렸다. 그때, 윤미숙이 웃으며 말했다.

"캐릭터가 좀 센 분이네. 미안해."

대답을 하면 태진에게 또 혼날 것 같은 생각에 입을 다물고 고개만 끄덕거렸다. 그러고는 조용히 연습을 지켜봤다.

연습이 진행될수록 윤미숙의 표정은 점점 진지해졌다. 듣기로는 유명하지 않은 극단이라고 들었는데 짜임새가 생각보다 괜찮았다. 진행되는 세부적인 상황들은 어떤지 몰라도 연기 자체만은 탄탄하다는 느낌이 들었다. 그리고 그 중심에는 태진이 있었다.

"그대는 또 왜 그래."
"네?"

또다시 호칭이 그대가 되어 버린 단우는 마치 죄라도 지은 사람처럼 바짝 긴장한 표정이었다.

"왜 주변 눈치를 보냐고."
"그게… 극의 흐름 때문에……."
"흐름 같은 소리 하고 있어. 그대는 지금이 초중반으로 보여?"
"아닙니다."
"그럼 이씨, 남의 눈치를 안 봐야 될 거 아니야. 왜 그대가 다른 사람들을 신경 써. 다른 사람이 그대를 신경 써야지. 남 시선 신경 안 쓰는 안하무인인 걸 보여 줘야 될 거 아니야. 그대가 신경 쓰니까 다른 사람들 연기까지 무너지잖아."

"아… 죄송합니다."

"그대 할 것만 잘해. 어쭙잖게 남 신경 쓰지 마. 그대는 그럴 역량이 안 돼 지금."

"네, 죄송합니다."

단우는 주연인 만큼 출연하는 장면이 많았고, 그만큼 태진에게 많은 지적을 당했다. 하도 지적을 당하다 보니 단우를 미워했던 단원들도 이제는 안쓰러워하며 위로를 해 주기도 했다. 지금도 단원들이 단우의 등을 쓰다듬어 주고 있었다.

"누가 누굴 위로해. 그대들도 남 위로할 시간에 집중해, 집중. 이런 걸 돈 주고 봐야 하는 관객들이 불쌍하지도 않아?"

좀 과할 수도 있는 말이었지만, 누구 하나 반발하는 사람이 없었다. 윤미숙은 그런 모습을 보며 약간 씁쓸함을 느꼈다.

'옛날이랑 똑같네.'

윤미숙이 연극을 하던 시절에나 보던 모습들이었다. 연출이랍시고 배우들에게 할 말 안 할 말을 다 하며 심지어는 폭력까지 일삼던 그런 시절로 돌아간 느낌이었다. 다만 다른 점은 단원들 모두가 수긍하고 있다는 점이었다. 옛날에도 이런 모습은 본 적이 없었다. 다들 혼나면서도 의욕이 넘치는 그런 모습이었다. 그때, 태진이 자리에서 일어났다.

"잘 봐. 이렇게 하라고. 우성아, 됐어! 너 오디션 보러 오래! 뭐, 오디션? 어! 내가 너 사진 영화사에 보냈거든! 뭐? 내가 오디션을 왜 봐. 아니, 너도 관심 있어 하는 거 같고 그래서. 야, 내가 받은 명함들이 몇 개인지나 알아? 직접 찾아와도 해 줄까 말까 한데 무슨 오디션을 보라는 거야. 아니… 그래도 경험이 없으니까. 경험? 나 임우성이야. 나 못하는 거 없어."

윤미숙은 넋을 놓고 태진의 연기를 쳐다봤다. 완전히 다른 두 명의 목소리가 나오는 것부터 캐릭에 맞게 행동까지 바로 바꾸는 연기까지 대단하게 보였다. 그래서인지 분명히 한 사람이 연기를 하고 있는데 두 명이 보였다. 저 정도의 연기력을 갖춘 사람이라면 자신이 모를 리가 없었다.

게다가 태진의 연기 덕분에 단원들의 연기도 확연히 달라졌다. 방금 보여 준 연기와 차이가 있긴 하지만 최대한 비슷한 느낌을 주려 했고, 그러다 보니 완성도가 높아져 갔다.

'누구지? 누굴까?'

가면 속 얼굴이 누구인지 궁금해할 때, 태진의 목소리가 들렸다.

"내가 한 연기 따라 하지 말라고. 큰 틀로 봐서 연기는 따라 해도 돼. 그런데 말투까지 따라 하려고 애쓰지는 마. 그대들이 연습했던 발성대로 해. 느낌만 봐."

"네."

"자꾸 누구를 따라 하다 보면 어떤 연기가 내 연기인 건지 스스로도 알 수가 없어진다. 그러니까 느낌만 보고 같은 느낌을 표현하더라도 나라면 어떤 식으로 해야 할까라는 그런 마인드를 가지고 있어야 돼."

윤미숙은 공감되는 말에 고개를 끄덕거렸다. 다만 아까와 다르게 뭔가 측은한 느낌도 들었다. 참 묘한 매력이 있다고 생각할 때, 갑자기 노크 소리가 들렸다. 그러고는 50대 정도의 남자와 여자가 얼굴을 내밀었다.

"연습 중이셨어요? 이따 올까요?"

"아닙니다. 들어오세요. 마무리 중이었습니다."

"네, 오늘은 다행히 잘 맞춰 왔네요."

"잠시만 계세요."

두 사람을 안내한 태진은 단원들을 보며 말했다.

"그럼 오늘 연습은 여기까지."

"네!"

"감독님하고 작업 잘하고 내일 다시 봅시다. 그 전에 인사들부터 하고."

태진이 단원들에게 따라오라는 듯 고갯짓을 하자, 단원들 모두가 태진의 뒤를 따라 윤미숙 앞으로 갔다.

"가면을 벗고 인사를 드려야 하는데 그러지 못하는 점 죄송합니다. 나중에 가면 벗고 인사드리겠습니다."

"아, 네."

"그럼 전 일이 있어서 먼저 가 보겠습니다. 단원들하고 얘기 나누세요."

누구인지 궁금했지만, 정중한 사과에 캐물을 수가 없었다. 인사를 끝으로 태진은 뒤도 돌아보지 않고 가 버렸고, 이제 윤미숙만 남아 단원들과 마주하게 되었다. 그와 동시에 매니저는 휴대폰을 들고 사진을 찍기 시작했다.

"아, SNS용이니까 신경 쓰지 마시고 인사들 나누세요."

매니저의 말에 단원들은 약간 어색해하면서도 윤미숙에게 인사를 건넸다.

"선배님 안녕하십니까! 조각가들 단장 박한걸이라고 합니다!"

"아, 그래요. 반가워요."

"저, 그런데 선배님이 저희 멘토이신 건가요?"

"멘토? 멘토는 아니고 그냥 응원하러 온 거예요."

"아! 네! 저희들 모두가 진짜로 선배님이 오셨으면 좋겠다고 생각했는데 이렇게 와 주셔서 감사합니다!"

"뭘 그런 거짓말을 해요."

"진짜입니다!"

"거짓말이라도 듣기 좋네. 그런데 연습은 끝난 거예요? 생각보다 일찍 끝났네?"

그러자 단장이 두 손을 모아 공손하게 구석에 자리하고 있는 두 사람을 가리키며 말했다.

"저희가 무대 제작도 직접 해야 되거든요. 저분이 무대 총괄 감독님이시고 옆의 분은 미술 감독님이신데 작업 도와주신다고 오셔서 오늘 연습은 끝이에요."

"무대도 직접 만들어요?"

그저 응원하라는 말만 전달받았지 자세한 사정은 알지 못했다. 하지만 연극 생활을 해 봤기에 지금이 대충 어떤 상황인지 상상이 되었다.

"그래요. 열심히들 하네."

"요즘 다들 다시 연기에 재미가 들려서요."

"이야, 대단한데요? 재미있게 연기하는 게 제일 행복한 건데."

"다들 연기가 느니까 재미있게 연습하는 중입니다. 선배님이 보시기에는 어떠셨어요?"

"솔직히 말하면… 예상외로 잘한다?"

"와!"

단원들은 서로의 눈을 처다보며 굉장히 뿌듯해하는 미소를
지었다.

"그런데 연기가 늘어요?"

"아, 네! 다들 경력은 좀 있거든요. 그래서 지금 하는 연기가
다 한계점이라고 생각했는데 그게 아니었어요. 한계를 넘어서니
까 재밌더라고요."

"아까 그 가면 쓴 분 때문에?"

"아! 네! 맞아요. 선생님이 진짜 잘 알려 주셔서요."

"누군데요?"

"저희도 몰라요. 그런데 아마도 박재상 선배님 같을 때가 있더
라고요."

"아! 재상이구나!"

"맞죠?"

"그러네! 목소리가 재상이었구나. '내 안의 세상'에서 했던 건
들건들한 연기를 그대로 하고 있었네! 그걸 몰랐네."

윤미숙의 말 때문에 단원들 모두가 태진을 박재상이라고 확신
하는 중이었다. 그 모습을 지켜보던 국현은 왠지 공을 뺏긴다는
생각에 서둘러 입을 열었다.

"박재상 배우님은 아니에요. 절대 아닙니다."

"푸흡. 그래요? 네, 그래요."

"진짜 아닌데요?"

"에이, 알았다고요. 다들 모르는 척해요. 알았죠?"

"네!"

이제는 태진을 박재상으로 확신하고 있었다. 국현은 수잔을 보며 어이없다는 표정을 지었고, 수잔은 괜히 나선 국현을 질타하듯 입을 씰룩거렸다.

"그 정도가 되니까 연기가 이렇게 늘었네. 내가 보기에는 잘 될 거 같은데요?"

"감사합니다! 저희 진짜 준비 많이 하고 있습니다. 응원해 주시는 선배님한테 폐가 되지 않도록 더 열심히 하겠습니다."

"나 때문에 그럴 필요는 없고 재미있게 해요. 그럼 저기 감독님 기다리시는데 난 이만 가 볼게요."

"벌써요?"

"내일 일찍 촬영이 있어서요. 또 올게요."

윤미숙은 피식 웃으며 자리에서 일어났다. 단원들은 당연히 아쉽다는 표정으로 윤미숙을 배웅했고, 윤미숙은 배웅을 받으며 서둘러 차로 이동했다. 그러고는 차에 올라타자마자 휴대폰을 꺼내 들었다. 그러고 신호가 가는 중간에 매니저에게 말했다.

"재상이 같지?"

"저도 몰랐는데 누님 말씀 들으니까 그런 거 같더라고요. 그런데 좀 이상하네."

"뭐가? 잠깐만 전화 좀."

상대방이 전화를 받았는지 윤미숙은 웃으며 말했다.

"어디야?"

―안 그래도 내가 전화하려고 그랬는데!

"내가 해도 돼. 어디야. 인사나 하게."

―나? 나 집이지.

"야, 왜 그래. 다 아는데."

―나 집이라니까? 누나 우리 집 근처야? 우리 집도 모르잖아.

"장난 그만하고. 자꾸 이럴래?"

―뭔 소리를 하는 거야. 나 진짜 집이라니까.

"어……? 그럼 나한테 전화하려고 했었다는 건 뭔데."

―아! 나 장터국밥이라는 극단 멘토 맡았거든? 걔네들 연기 잘해. 창진이한테 듣기로 누나도 극단 하나 맡았다며. 준비 잘하라고 얘기하려고 전화하려고 한 거야.

윤미숙은 통화를 하는 중에도 어이가 없다는 표정으로 중얼거렸다.

"어? 그럼 누구지……?"

                    *   *   *

　플레이스 이창진은 참가자들의 연습을 보는 내내 짜증이 치밀었다. 이제 마지막 미션만 남겨 두고 있는데 하필이면 MfB 쪽의 참가자만 두 명이 남았다 보니 MfB에 힘이 실릴 수밖에 없었다.

"실장님, 티 좀 그만 내세요."
"어떻게 티를 안 내나! 좋은 역은 지네가 다 하겠다는데."
"실력으로 밀린 걸 어떻게 해요. 그리고 지금 너무 노골적으로 티 내고 계시잖아요. 카메라에 다 담겨요."
"담으라 그래. 가만 보면 양아치도 저런 양아치가 없어. 한태진이 가면맨인 거 입 다물어 달라고 그래서 입단속까지 다 했는데 돌아오는 건 뭐야 이게."
"하긴 그건 좀 그래요. 저 사람 선동을 진짜 잘하는 거 같아요."

　마지막 미션은 총 두 개의 기획으로 촬영하는 것이었고, 이미 연습을 마친 것은 기존의 ETV에서 방영했던 드라마의 유명한 장면을 재해석하는 쪽이었다. 그리고 두 번째는 ETV에서 새롭게 제작 준비 중인 드라마의 줄거리를 촬영하는 것이었다. 앞의 것은 이미 지나간 것인 반면 두 번째는 앞으로 나아갈 수 있는 것이기에 이창진의 판단에는 두 번째가 더 중요했다.
　지금은 어떤 역을 맡더라도 일단 우승을 하게 되면 해당 드라마에서 주연을 맡게 될 것이었다. 그리고 우승을 하기 위해서는 지금 좋은 역을 맡아야 했다. 하지만 지금 플레이스의 남은 참가자인 세원이 맡은 역은 그다지 인상적인 역이 아니었다.

"완전 양아치야. 어떻게 최정만이 밀려고 같은 참가자인 이희애를 희생시키냐."

"이희애 씨도 만족하고 있잖아요. 그리고 영원의 군주에서는 완전 양보했잖아요."

"그건 양보가 아니지. 이거 하려고 '경고' 포기한 거 아니야. 그리고 또 주댕이 털었겠지. 이희애 희생시켜서 여주연을 숲에다 밀어주니까 숲에서는 또 최정만이 주연하게 손들어 주는 거 아니야."

"그런 것도 좀 있긴 한 거 같아요."

"있긴 한 게 아니라 있지! 솔직히 최정만이나 우리 세원이나 비슷한데 선동질해서 최정만이가 맡은 거 아니야. 아까 뭐라고 했지?"

"곽 팀장이요?"

"그래! 우리 희애 씨보다 더 잘 아울리는 사람 없을 거라고 생각했는데 은주 씨의 연기는 예상 밖이네요? 그러면서 여주 넘겨주는 거 봤지. 아주 지들끼리 북 치고 장구 치고 다 하고 있어. 특히 로젠 필 저 사람 이용하는 건 더 빡쳐. 로젠 필이 뭐라고 아주 앞세워서 지네가 다 해 처먹으려고 그래."

"그래도 우리 세원이가 경고에서는 주연이잖아요."

"그거보단 이게 더 낫지!"

이창진은 짜증이 가득한 얼굴로 곽이정을 노려볼 때, 마침 곽이정과 눈이 마주쳤다.

"저 양아치 웃는 거 봐! 야, 열받아! 아주 지가 우승했어."
"실장님, 실장님도 웃으시면서 그렇게 욕하면 좀 이상해 보여요."
"야, 내가 화내면 지는 거 같잖아."

그때, 곽이정이 정중한 자세로 양손을 모아 의자를 가리켰다.

"지가 오라면 내가 가야 되나?"

말과는 다르게 걸음을 옮긴 이창진은 의자에 앉았다. 그러자 곽이정은 환하게 웃더니 사람들을 향해 말했다.

"방송 시간인데 잠시 보고 하시죠."

다들 바닥이나 의자에 앉았고, 이창진은 불편한 자리 때문인지 헛기침을 뱉었다. 자리도 많은데 곽이정이 굳이 바로 옆에 자리를 잡았기 때문이었다.

그렇게 방송이 시작되었고, 이미 다 알고 있는 내용들이 나오고 있었다. 몇 남지 않은 참가자들은 자신들이 나오는 TV를 보며 부끄러워하기도 하고 신기해하기도 했다. 하지만 방송이 나오는 중에도 각 기획사의 스태프들은 참가자들과 다르게 각자의 이득을 챙기느라 바빴다.

누가 보더라도 전 미션의 최대 수혜자는 바로 오페라의 유령을 새롭게 해석해서 연기한 플레이스와 MfB였음에도 자신들의 소속 참가자가 나올 때마다 환호하며 반응을 이끌어 내려 했다.

"우리 민주 씨 진짜 잘해. 저기서 우는 거 보세요. 오열하는 연기할 때 직접 보면 내 가슴이 찢어진다니까요. 우리 애라서 하는 말이 아니라 진짜 괜찮지 않나요?"

질문에 긍정적인 답을 해 줘야 자신들이 질문했을 때도 같은 대답이 돌아올 것이기에 서로서로 칭찬하기 바빴다. 흡사 누가 어떻게 객관적으로 칭찬을 잘하나 대회라도 벌어진 듯 보였다. 그렇게 방송이 흘러가던 중 오페라의 유령의 연습 장면이 나오기 시작했다. 이창진도 뭐라고 말을 하려다가 왠지 먼저 말하면 곽이정에게 말릴 것 같다는 생각에 입을 다물었다. 그때, 곽이정이 아닌 다른 기획사의 담당자가 갑자기 이창진을 쳐다봤다. 미소를 짓고는 있지만 뭔가 기분이 나쁜 느낌의 미소였다.

"에이, 그런데 저건 좀 반칙이죠."

"뭐가요?"

"아시잖아요. 아무리 가면 썼다고 해도 다 알죠. 최정식 배우를 데리고 오면 좀 반칙이죠."

"네? 아니라고 했잖아요."

"우리끼리 왜 그러세요. 사람들이야 긴가민가해도 우리는 다 알죠. 저 포즈나 발성이나 그런 거 보면 딱 최정식 배우님인데."

"아니라니까 그러시네. 저 사람……."

이창진이 말을 하려 할 때 옆에 있던 곽이정이 입을 열었다. 그제야 이창진은 혹시라도 가면맨의 정체에 대해 실수할까 봐 곽이정이 감시 차원에서 자기 옆에 앉은 거란 걸 알았다.

"맹세코 최정식 배우님 아닙니다. 저분은 저희 MfB에서 영입한 분이세요."

"진짜요?"

"맞습니다. 알려지지 않은 분입니다. 본인이 얼굴 알려지는 것도 원하지 않고요."

"진짜 아닌가? 우리는 다 최정식 씨라고 생각하고 있었는데. 그런데 이번에도 부르시지 그러셨어요. 선공개된 영상 보니까 사람들한테 관심 엄청 받던데."

"그래서 더욱 모실 수 없었습니다."

"네?"

"오디션인 만큼 여기 있는 참가자들이 관심을 받아야 하는 거 아니겠습니까."

"아! 역시 생각이 깊으시네."

"별말씀을."

이창진은 어이가 없었다. 자세한 상황은 알지 못하지만 곽이정과 태진의 사이가 좋지 않다는 건 알고 있었다. 평소 수단을 가리지 않는 곽이정이라면 태진을 이용할 만도 했다. 아니, 이용 정도가 아니라 대놓고 MfB 소속이라고 자랑을 할 사람이었다. 그런데 지금은 무슨 이유에서인지 태진을 꽁꽁 숨겨 두고 있었다. 하지만 아무리 생각해도 조용히 넘어갈 사람이 아니었다.

지금도 사람들의 질문을 자신이 해결해 줘서 고맙지 않냐는 듯 코를 찡긋거리고 있었다.

'뭔 수작이지.'

가만히 생각하던 이창진은 확인차 질문을 던졌다.

"그런데 한태진 팀장님은 안 보이네요?"

그 질문에 곽이정의 얼굴이 잠깐이지만 일그러지는 것이 보였다. 그리고 다른 스태프들도 태진의 이름을 아는지 너 나 할 것 없이 거들었다.

"맞다. 한 팀장이 MfB죠? 괜찮대요?"
"한 팀장? 성대모사 하던 그 사람이요? 그 사람이 왜요?"
"뉴스에 나왔잖아요. 하반신마비인데 다시 걷게 됐다고."
"아! 아! 그 사람이 한 팀장이었구나. 어쩐지 어디서 봤다 했네!"
"우리 애들한테 들으니까 시나리오도 잘 짜고 그런다던데."

갑자기 태진의 이름이 수면 위로 떠올랐고, 이창진은 곽이정의 표정을 살폈다. 사이가 좋지 않다는 건 알았지만, 이름이 나오는 것만으로도 기분이 나쁜 모양이었다.

'크크크.'

이창진은 뭔가 통쾌한 기분에 미소를 짓고는 곽이정을 대신해 대답했다.

"아직 건강 문제 때문에 안 오나 보죠? 다 나았다던데 또 뉴스에서 설레발치고 그런 거였나 보네요?"

이번에는 이창진이 자신이 도움을 줬다는 듯 코를 찡긋거렸고, 곽이정은 자연스럽지 못한 미소를 지으며 고개를 끄덕였다.

"건강 문제로 휴식 중입니다. 그동안 일도 힘들었고, 갑자기 스포트라이트도 받게 되다 보니까 좀 힘들어해서요."

태진이 지금 무슨 일을 하고 있는지 알고 있던 이창진은 재미있다는 듯 피식거렸다. 휴식은커녕 여기저기 들쑤시고 다닌다는 말을 들었다. 그런 사람이 건강상 문제로 휴식 중이라는 말을 들으니 웃음이 나왔다. 둘 사이에 무슨 문제가 있는지 자세한 사정은 모르지만, 태진의 이름이 나오는 것만으로도 곽이정이 기분 나빠한다는 점이 마음에 들었다. 하지만 사람들의 관심은 금방 사그라들었다.

잠시 뒤 방송이 끝나자 또다시 연습이 시작되었다. 이창진이 기분 좋은 표정으로 뒤에서 연습하는 장면을 지켜볼 때, 같은 회사 직원이 속삭였다.

"뭔가 좀 이상하죠?"

"뭐가?"

"한태진 팀장 말이에요. 팽당한 거 같죠? 얼굴도 알려진 상태라 경력이 좀 쌓일 텐데 갑자기 안 나오는 게 이상하잖아요."

"맞지? 너도 그렇게 생각하지?"

"전에 한 팀장이 우리 오페라 손들어 줬을 때도 대놓고 뭐라고 하더라고요. 사람이 좀 딱딱해 보여서 그러지 일은 잘하는 거 같던데. 견제당하나?"

"크크. 그건 모르겠고. 한태진이가 대단한 건 알겠네."

"뭐가요?"

"한태진 이름만 나와도 저 양반 표정 관리가 안 되더라고. 크크. 재미있어."

"뭘 그런 걸 재미있어하세요."

"재미있지!"

이창진이 실실 웃으며 곽이정을 쳐다볼 때, 휴대폰이 울렸다. 번호를 확인한 이창진은 서둘러 전화를 받았다.

"어, 누님! 촬영 중 아니셨어요?"

─지금 쉬는 시간이지.

"아하! 촬영은 잘하셨고요? 제가 괜한 걸 물었네. 명색이 대배우한테!"

―흰소리 말고. 다른 게 아니라 나 어제 네가 부탁했던 극단에 갔었어.

"아! 가셨어요? 제가 스케줄이 있어서 신경을 못 써 드렸네요."

이창진은 어색하게 웃었다. 회사에서 지시를 받아 부탁을 하긴 했는데 부탁을 하면서도 마음에 걸렸다. 회사에서 진행하는 프로젝트이지만, 규모도 적다고 들었다. 그리고 이름도 없는 극단이라면 안 봐도 뻔했다. 그렇기에 괜한 시간 낭비를 시킨다는 생각에 미안했다.

"누님이 연극에 대해선 잘 아시잖아요. 그래서 부탁할 분이 누님밖에 없었어요. 그렇게 크게 의미 두시지 마시고 그냥 사진만 찍어 주면 애들이 알아서 응원 메시지 만들어서 올릴 거예요."

―그런 거 아니라니까. 나도 말 좀 하자.

"아! 말씀하세요."

―먼저, 연극은 잘하더라고.

"네?"

―잘한다고. 사실 시나리오는 오늘 봤는데 시나리오도 괜찮고 어제 연습할 때도 연기도 꽤 잘해.

"진짜요?"

―그래. 어제 내가 간 조각가들만 그런 게 아니야.

이창진은 의아한 표정으로 고개를 갸웃거렸다. 윤미숙이 온화한 성격이라고는 해도 연기에 대해서만큼은 선이 확실했다. 나쁜 말을 하진 않았지만, 그렇다고 칭찬을 하는 경우도 드물었다.

—재상이가 맡은 극단도 봐줄 만하대.

"진짜요?"

—진짜라니까.

"오, 저도 나중에 한번 봐야겠네요."

—보든 말든 알아서 하고. 그 사람, 누구야?

"그 사람이라니요?"

—가면 쓴 사람 있잖아. 극단 5개 돌아다니면서 연기 지도 한다는 사람 말이야.

"네?"

이창진도 회사에서 각 극단을 응원할 배우만 섭외하라는 지시를 받았을 뿐 자세한 내용은 듣지 못했다.

"연기를 지도해요?"

—창진이 너도 몰라?

"어, 이상하다. 제가 알기로는 예산도 얼마 안 잡혀 있어서 연출가를 따로 구했을 리가 없는데."

—연출이 아니고. 연기 지도해 주는 분. 난 재상인 줄 알았는데 아니더라고.

"그래요? 총연출을 구했나. 그런데 왜 그러시는데요?"

—궁금해서 그러지. 알아 두면 나중에 소개해 줄 수도 있으니까.

"누구한테 소개를 해 줘요?"

—연기 때문에 힘들어하는 애들 많잖아. 잘 가르쳐 주더라고.

이창진은 윤미숙이 뭘 말하는 건지 단번에 알아차렸다. 윤미숙이 주로 맡는 역들이 엄마 역이었기에 자식으로 나오는 배우들을 챙겨 주고 싶은 모양이었다. 주로 아이돌이나 신인 배우들이 그 대상일 것이었다. 그때, 윤미숙이 말을 이었다.

—에이, 너도 모르네. 알았어.

"제가 회사에 연락해 알아봐 드릴게요."

—아니야. 바쁜데 됐어. 난 혹시나 너 촬영했던 라이브 액팅에 나왔던 사람이라고 그래서 난 아는 줄 알았지.

"네?"

—가면 쓴 사람. 찾아보니까 리얼 팬텀 가면맨이라고 그러네.

"그 사람이라고요?"

—그렇다던데.

"어······? 잠시만요. 누님 제가 나중에 연락드릴게요."

통화를 마친 이창진은 고개를 갸웃거렸다. 태진이 연극 프로젝트에 도움을 주고 있다는 건 들었는데 연기를 지도하고 있는 것은 처음 듣는 얘기였다. 얼마 전 팬텀으로 멋진 연기를 선보이긴 했어도 경험도 없는 사람이 누굴 가르친다는 건지 쉽게 이해가 되지 않았다.

'뭘 잘못 알고 계신 거 같은데.'

이창진은 확인을 하기 위해 통화 목록을 뒤져 태진을 찾아 전화를 걸었다. 잠시 뒤 신호가 한참이나 울리고 나서야 전화를 받았다. 그런데 태진이 아닌 다른 사람이었다.

―이창진 실장님이시죠. 지금 팀장님이 뭘 좀 하고 계셔서……

상대방의 말이 끝나기도 전에 다른 사람의 목소리가 휴대폰을 통해 들려왔다.

―나가.
―아니…… 전화…….
―나가.

*   *   *

김국현에게 아무런 정보도 얻지 못한 채 통화를 마친 이창진은 혼란스러웠다. 정황상으로 보면 극단들에서 연기를 지도하는 사람이 태진일 것이었다. 그런데 태진이 누구를 가르치는 것이

상상이 되질 않았다. 그래서 가면맨이 누구인지 알아보기 위해 각 극단을 맡은 배우들에게 연락을 했고, 정보가 쌓일수록 더욱 혼란만 가중되었다.

　—미숙 누님은 난 줄 알았대. 난 정식이 형인 줄 알았는데.

　—형, 나 놀리려고 전화했어? 재섭이 형이잖아. 재섭이 형도 시치미 딱 떼던데 내가 모를 거 같아?

　—재상 선배님이잖아요. 제가 막 불렀는데도 계속 아닌 척하시길래 저도 맞장구치면서 모르는 척해 드렸죠. 그래도 중간에 술 마시는 건 좀 그랬어요. 아무리 술을 좋아하셔도 그렇지.

　—야, 재섭이 오빠 갑자기 사라지더니 연락도 안 받아! 그러고는 촬영 중이라고 뻥만 치고!

　이창진은 어이가 없었다. 다들 누굴 가르치고 그럴 사람들이 아니었다. 그리고 유재섭은 지금 이곳에는 없지만 라이브 액팅에 출연 중이었기에 연극 프로젝트를 하는지도 모르고 있을 것이었다.

　게다가 더 놀라운 얘기는 따로 있었다. 회사에서도 크게 관심 없는 프로젝트인 만큼 유명한 극단이 참여하는 것이 아니었다. 그런데 응원하는 모든 배우들이 하나같이 자신들이 응원하는 극단을 칭찬했고, 우승할 것 같다는 말을 자신 있게 꺼냈다. 완전 대단한 연기는 아니더라도 극단 규모에 비해서는 훌륭한 연기를 선보인다며 기대가 된다는 말을 했다. 그것도 모두 다.

'뭐야. 한 사람이 아닌가? 하긴 극단이 5개니까 한 사람이 다 하기는 좀 그렇지. 그럼 한태진은 아닌 거 같은데.'

그때, 회사에서 전화가 왔다. 얼마 전 소속 배우들의 섭외를 부탁한 콘텐츠 제작 팀이었다.

"네, 이창진입니다."

─실장님, 저 이연두예요.

"네, 무슨 지시할 일 있으세요?"

─아니요. 그런 게 아니라 그 MfB에 한태진 팀장 있잖아요.

"한태진 팀장이요? 그 사람이 왜요?"

─아, 배우분들이 계속 사무실에 연락해서 누군지 물어봐서요.

"누굴요? 한태진 팀장을요?"

─아니요. 극단들 연기 지도하는 사람이 누군지요.

이창진이 연락하기 전에 미리 회사에 전화를 했었던 모양이었다. 연기 지도자의 정체를 알 수 있을 거란 생각에 약간 기대를 하고 있던 이창진이 헛웃음을 뱉을 때, 상대방의 말이 들려왔다.

─저희한테 보고하기로는 한 팀장님이 가면 쓰고 가르친다고 그랬거든요.

"네?"

─아시다시피 저희가 크게 투자하는 게 없잖아요. 그래서 기

대도 없으니까 그러라고 했는데 대체 뭔 짓을 하고 다니는 건지 궁금해서요. 배우님들 반응 보면 투자를 더 해야 되는 건가 싶기도 하고요. 그래서 전화를 하면 무슨 이상한 말만 하고, 찾아가면 또 다른 데 가 있고.

"나가?"

―어? 어! 맞아요. 그래도 그 직원분하고 통화하면서 다른 분 영입했냐고 물어봤는데 그런 거 없다고. 한 팀장이 지도하고 있으니까 입단속만 잘해 달라고 그랬어요.

"오… 한태진이 맞다고요."

―모르셨어요? 어떤 사람인지 좀 정보 좀 얻어 보려고 했더니. 얼마나 더 투자할지 계획 잡으려고 했거든요. 알겠습니다. 저희가 좀 더 알아볼게요.

"뭘 어떻게 투자하려고 하시는데요?"

―홍보 정도 생각하고 있죠. 광고를 좀 더 해 볼까 하거든요. 아무튼 저희가 좀 더 알아볼게요. 바쁘신데 죄송해요.

이창진도 태진을 잘 아는 것이 아니었다. 하지만 태진이 왜 이곳에 보이지 않는 것인지 알 것 같았다. 매번 새로운 능력을 보여 주는 사람이다 보니 자기보다 잘난 사람을 못 보는 성격의 곽이정이 견제를 하고 있는 모양이었다. 그렇다면 태진의 이름이 나올 때 곽이정의 표정이 일그러진 것도 이해가 되었다.

"실장님, 왜 그렇게 웃으세요?"

"응? 아니야."

가만히 생각하던 이창진의 눈에 연습실에 있는 사람들을 지시하는 곽이정이 보였다. 그와 동시에 곽이정이 당황할 만한 일을 만들고 싶었고, 태진이라면 곽이정을 당황하게 만들 수 있을 것 같았다.

'어떻게 끌어들이지.'

당장 가면맨을 부르자는 말을 하고 싶었지만, 곽이정이라면 빠져나갈 구멍을 따로 준비해 뒀을 수도 있었기에 생각이 깊어졌다. 그때, 회사 콘텐츠 제작 팀에서 했던 말이 떠올랐다.

"아! 그렇게 하면 홍보되겠네!"
"뭐가요? 자꾸 다른 생각 하지 마시고 저희도 저기 껴야죠."
"기다려 봐."

이창진은 재미있다는 표정으로 곧바로 전화를 걸었다.

"실장님, 돈 안 들이고 홍보할 수 있을 거 같은데요!"

*   *   *

잠시 뒤, 모든 준비를 마친 이창진은 실실 웃는 표정으로 스태프들이 있는 곳으로 걸음을 옮겼다. 그러자 곽이정이 마치 스태프의 대표라도 되는 듯 미소를 지으며 말을 걸었다.

"바쁘신가 보네요. 여기 스태프들 많으니까 일 다 보시고 오셔
도 됩니다."
"아! 아닙니다! 바쁜 게 아니라 재밌는 얘기를 들어서요."

이창진의 미소에서 뭔가 불안함을 느꼈는지 곽이정은 더 이상
묻지 않았다. 하지만 이창진은 그런 곽이정의 태도를 보며 씨익
웃고는 물어보지도 않은 말을 하기 시작했다.

"지금 우리 회사에서 하고 있는 일이 있는데 거기에 가면맨이
연기 지도를 하고 있더라고요."

곽이정도 모르고 있던 일인지 그게 무슨 말이냐는 표정으로
이창진을 쳐다봤고, 그와 동시에 다른 기획사들의 스태프들이
입을 열었다.

"어? 우리 라액에 출연한 가면맨이요?"
"네, 맞아요. 그 가면맨이요."
"플레이스 소속이었어요?"
"그런 건 아니고요. 어떻게 선이 닿아서 같이 일하고 있는데
기가 막힌가 봐요."

이창진은 웃으며 곽이정을 살폈고, 아니나 다를까 표정이 시

시각각 변하는 것이 보였다. 가면맨의 정체를 알면서 왜 그런 얘기를 하는 거냐는 표정부터 뭔가 들키기라도 한 것처럼 초조해하는 모습까지 보였다. 이창진은 실실 웃으며 곽이정이 어떻게 나올지 기다렸다. 그때, 곽이정이 입을 열었다.

"여기서 가면맨 얘기는 아닌 것 같습니다."

"아니, 난 그냥 우리 라액에 출연했던 사람 얘기라서 한 거죠."

"아무리 실력이 좋다고 하더라도 지금 우리에게 있어서 우선은 참가자들입니다. 아까도 말씀드렸다시피 주객이 전도되어서는 안 되는 겁니다. 참가자들이 모든 스포트라이트를 받을 수 있게끔 해 주는 게 우리의 역할이죠."

"그냥 한 말이라니까요. 우리 회사 배우들이 하도 칭찬하길래요."

다들 곽이정의 말에 넘어갔는지 더 이상 관심을 보이지 않았다. 게다가 플레이스의 소속 배우가 한두 명이 아니었기에 그다지 유명하지 않은 배우들이라고 생각한 모양이었다. 그런 스태프들의 반응에 이창진은 피식 웃으며 말을 이었다.

"신기해서 한 말이니까 신경들 쓰지 마세요. 그냥 미숙이 누님하고, 재상이랑 또 혜영이, 그리고 아! 익현 씨랑 정수도! 다들 어찌나 칭찬하는지 신기해서 한 말입니다. 하하."

플레이스 대표 배우들의 이름이 나오자 스태프들의 고개가

획 하고 돌아갔다. 그와 동시에 다들 무슨 생각들을 하는지 눈동자가 굴리는 소리가 들릴 정도였다. 그중 한 명이 질문을 했다.

"플레이스에서 무슨 큰 기획 하나 봐요."
"아! 큰 기획은 아니고요. 곽이정 팀장님도 아실걸요? MfB에서 좋은 기획을 제안해서 그거 하고 있어요. 연극인데."

그때, 곽이정이 급하게 말을 끊고 들어왔다.

"아직 진행 중인 프로젝트를 얘기해도 되는 겁니까?"

어떻게 해서라도 말을 끊고 싶다는 느낌이었다. 이창진은 그것만으로도 기분이 상쾌했는지 해맑은 표정으로 말을 이었다.

"이제 막바지인데요. 지금 홍보도 시작해서 얘기해도 괜찮습니다. 지금 SNS에도 올렸을걸요."

다들 궁금해하는 표정이었지만, 곽이정 때문인지 각자의 입장 때문인지 바로 휴대폰을 꺼내 들지는 않았다. 그 모습에 이창진은 피식 웃으며 미리 준비한 휴대폰 화면을 보여 주었다. 회사에서 관리하는 윤미숙의 SNS였고, 그곳에는 가면맨을 중심으로 단원들이 연습하는 모습이 담겨 있었다.

―가면맨으로 인해 한층 성장한 극단 조각가들의 '나르시시즘' 완전 강력 추천!

#조각가들#나르시시즘#가면맨#리얼 팬텀#라이브액팅

아직 제대로 된 홍보가 아님에도 사람들의 반응이 어마어마했다. 이창진도 놀랄 정도의 반응이었다.

―어디서 하는 거예요? 검색해도 안 나오던데요!
―배우님도 출연하시는 거예요?
―가면맨이 누구지?
―다 첨 보는 사람들인데?
―라액 본 1인인데, 가면맨 느낌 오짐. 진짜 누구지?

모든 사람들이 라이브 액팅을 보는 것이 아니었기에 가면맨을 몰랐던 사람들도 이젠 이 SNS를 통해 알게 되었다. 게다가 윤미숙의 SNS뿐만이 아니라 조금 전 이창진이 언급한 배우들의 SNS에서 모두 공통적으로 가면맨을 언급하고 있었다.

곽이정은 아예 모르고 있었던 일인지 어리둥절한 표정을 숨기지 못했고, 다른 기획사 스태프들은 저마다 잇속을 챙기기 위해 눈을 반짝거렸다. 그러던 중 참가자의 우승 가능성이 가장 떨어지는 바나나 엔터의 스태프가 입을 열었다.

"이 정도면 데리고 와야 하는 거 아닐까요? 주객이 전도된다 아니다 하는 문제가 아닌 거 같은데요. 무조건 도움이 될 거 같은데."

"저도 같은 생각입니다. 지금 촬영도 남았으니까 충분할 거 같은데요. 제작진도 환영할 거 같고요."

"저도 기회 같은데요. 플레이스 배우님들 덕분에 라액에 관심 없는 시청자들까지 데려올 수 있는 기회 아닐까요?"

곽이정은 여전히 상황을 정리하기 위해 애쓰는 듯 보였고, 이창진은 그런 곽이정의 모습을 보며 만족했다. 생각한 대로 연극 프로젝트도 홍보하고 그로 인해 라액에도 더 많은 관심을 가져올 수 있는 방법이었다. 그리고 무엇보다 곽이정이 저런 표정을 하는 게 만족스러웠다.

'흐흐흐흐.'

소리라도 지르고 싶을 만큼 통쾌했다. 방금 전까지만 하더라도 전부 곽이정의 편이었는데 이제는 아까와 반대로 곽이정이 혼자가 되어 버렸다. 이창진은 씨익 웃으며 쐐기를 날릴 준비를 했고, 마침 바나나 엔터의 스태프가 말을 꺼냈다.

"실장님, 가면맨하고 연락 닿으시죠? 애들 가르치는 모습 담으려면 빨리 섭외해야 될 거 같은데요. 제작진한테는 제가 얘기를 하겠습니다."

"아, 그게."

이창진은 약간 뜸을 들이고는 곽이정을 쳐다봤다. 그러자 모두의 시선이 이창진을 따라 곽이정에게 향했고, 갑자기 시선을 받은 곽이정은 이창진만을 쳐다봤다.

"사실 저보다는 곽이정 팀장님이 잘 아실 거예요. 우리도 MfB에서 소개받은 거라서요."

그러자 뭔가 말을 꺼내려던 스태프들이 갑자기 입을 다물고는 인상을 찡그렸다. 그 모습을 본 이창진은 속으로 웃음을 참았다.

'짱구들 굴리기는. 크크.'

다들 경험이 많다 보니 곽이정을 의심하고 있을 것이다. 가면맨을 숨겨 두고 나중에 자신들만 득을 보려 했다고 생각하는지 불쾌하다는 표정을 노골적으로 드러냈다. 그런 시선을 받은 곽이정도 자신이 외통수에 걸렸다는 걸 알아차렸는지 굳은 표정으로 이창진을 노려봤다.

그리고 상황을 이렇게 만든 태진이 떠올랐다. 분명히 한발 물러났다고 생각했는데 자신의 착각이었다. 전진을 위한 후퇴였다. 자신이 당했다는 생각에 어이가 없는 웃음이 나왔다. 제작진도 이 상황을 알게 될 테고, 그럼 태진의 합류는 무조건이나 다름없었다. 그리고 라액이 아닌 다른 곳에서 먼저 가면맨을 사용했다는 것에 대한 원망을 들을 수도 있었다. 그럴 바엔 먼저 선수를 치는 게 낫겠다는 생각이 들었고, 생각이 정리됨과 동시에 입을 열었다.

"바쁘신 거 같지만, 제가 섭외를 해 보겠습니다."

*　　　　*　　　　*

다음 극단으로 이동 중인 지원 팀 세 사람은 태진의 경차가 아닌 국현의 차로 이동 중이었다. 원래라면 태진의 차로 이동을 했을 테지만, 태진이 할 것이 많아지다 보니 운전하는 시간도 아까워 내린 결정이었다.

뒷좌석에 앉은 태진은 이동하는 중에도 휴대폰으로 준비한 자료들을 보느라 정신이 없었다. 각 극단의 대본을 거의 외운 것도 모자라 각 캐릭터들이 어떤 연기를 해야 하는지 분석까지 해 놓은 상태였다. 그러다 보니 최근 들어 잠을 제대로 잔 적이 없을 정도였다.

사실 이렇게까지 하지 않아도 되는 일이었지만, 스스로가 걱정이 많았기에 하는 일이었다. 연기를 해 본 적도 없고 배운 적도 없다 보니 자신이 누굴 가르치는 게 맞는 건지 의심이 되었다. 처음에는 멋모르고 시작을 했지만, 극단의 연기가 점점 변해 가는 걸 볼수록 점점 걱정도 커져 갔다.

'여기서는 박재정하고 유재섭으로 보여 주면 되고.'

할 수 있는 것이라고는 연기를 잘하는 배우들이라면 어떻게 연기를 할지 상상하고, 그걸 실제로 보여 주는 일뿐이었다. 침대에 누워 있을 때 많이 하던 일들이었다. 다만 취미로 할 때와 직업으로 할 때의 느낌은 달랐다. 그러다 보니 조금 더 완벽해야 된다는 생각에 스스로를 채찍질하는 중이었다. 그때, 운전을 하던 국현이 입을 열었다.

"팀장님."
"네?"
"저… 오늘은 나가라고 하시는 거 안 하시면 안 될까요?"
"아!"
"진짜 저 엄청 불쌍하게 봐요. 막 등 두드려 주고 가고 그래요!"

그때, 수잔이 큭큭거리며 웃으며 말했다.

"자꾸 떠드니까 그러죠."
"뭐! 어제 수잔도 쫓겨났으면서!"
"난 몇 번 없는데!"
"에이! 몇 번이 중요하나. 강도가 나랑 달랐는데. 안 나가겠다고 버텨서 욕도 들었잖아요!"

수잔은 어제 생각이 나는지 움찔하더니 태진을 노려봤다. 그러고는 이내 신기하다는 표정으로 입을 열었다.

"이렇게 보면 표정만 없다 뿐이지 한없이 부드러운 남잔데 가면만 쓰면 변한단 말이야. 완전 다른 사람 같아."

"제가 그래요?"

"몰라서 물어요? 평소 같았으면 우리한테 나가라고 했겠어요?"

"그건 다른 사람들 속이려고 일부러 한 거고요."

"그러니까! 그 일부러 하는 걸 아는데도 식겁한다고요! 그때 기분을 뭐라고 그래야 되지."

그때, 김국현이 손가락을 튕기더니 입을 열었다.

"쥐 된 기분이죠?"

"맞아! 고양이 앞에 선 쥐 된 기분! 진짜 무서워요. 그래서 나도 모르게 도와 달라고 옆에 보게 된다니까요. 그래서 나랑 국현 씨랑 첫날에 연습 끝나고 나와서도 잔뜩 쫄아 있었잖아요."

"에이, 난 그 정도는 아니었죠."

"국현 씨가 제일 그랬잖아요. 계속 힐끔거리면서 막 꼬붕처럼 음료수 사다 주고! 그러다가 팀장님이 원래대로 돌아오니까 그제야 말했으면서."

"아닌데요?"

두 사람의 대화에 태진은 소리 없이 웃었다. 진심인지 장난인지 알 수는 없지만, 두 사람이 응원을 해 주고 있다는 것은 느껴졌다.

"그런데 장터국밥은 가면 안 쓰고 가시는데 뭘 그렇게 보세요?"

혹시나 모를 단원들의 의심을 피하기 위해서 이번은 가면맨이 아닌 본모습으로 갈 예정이었다. 그렇기에 연기를 지도할 일이 없었는데 계속해서 대본을 살피는 태진이 의아했던 모양이었다.

"무대 감독님한테 설명 드려야 해서요."
"아! 반장님! 푸하하하."
"왜요?"

김국현은 소리까지 내서 웃은 뒤에 입을 열었다.

"모든 극단 배우들이 하는 말이 있어요."
"무슨 말이요?"
"빌런 이인조라고. 한 명은 가면 쓴 팀장님, 한 명은 김 반장님."
"반장님이 왜요?"
"왜라니요. 팀장님도 보셨잖아요. 아! 그러니까 빌런이라고 불리는 거지!"

자신이야 막말을 해서 그런다 치더라도 선우철거의 대표인 김반장마저 빌런이라고 불리는 이유를 알지 못했기에 입을 다물었다.

　"그게 나쁜 뜻이 아니에요. 다 자기들을 위해서 하는 건 줄 알면서도 그냥 장난처럼 그렇게 하는 거죠."
　"아, 그런데 굉장히 열심히 해 주시는 거 같던데."
　"그렇죠. 근데 문제는 배경 제작할 때 반장님 마음에 조금만 마음에 안 들어도 다시 만들어 보자고 그러시니까 그게 문제인 거죠. 아마 김 반장님이 배우들보다 시나리오 더 잘 알걸요. 어제도 조각가들 갔을 때 배경 제작하고 있었잖아요."

　태진도 알고 있었다. 누구보다 신경을 써 주며 최선을 다한다는 게 느껴졌다. 다만 태진이 느끼기에도 과하다 싶을 정도로 이번 일에 몰두하는 것처럼 보였다. 그때, 수잔이 이해가 된다며 고개를 끄덕거렸다.

　"아주 사활을 건 사람처럼 하시더라고요."
　"맞아요! 선우철거가 벼랑 끝에 서 있는 건 아는데 그래도 좀 과하다 싶은 그런 느낌도 약간은 있죠."
　"에이, 벼랑 끝에 서 있어서 그런 게 아니에요. 국현 씨는 뭘 모르네."
　"네? 선우철거 우리가 맡긴 일 말고는 없잖아요."
　"그건 그런데, 그래서 그런 게 아니라 선우라는 이름 때문에 그래요. 아직 국현 씨가 애가 없어서 모르는 거예요."

"결혼도 안 했는데 애가 어떻게 있어요."

수잔은 피식 웃더니 말을 이었다.

"곽이정 때문에 선우철거 욕먹었잖아요. 그런데 그 선우라는 이름이 반장님 자제분 이름이거든요. 그러다 보니까 자신 때문에 자식이 욕을 먹은 것 같잖아요."

"아! 일종의 명예 회복이구나!"

"그렇죠. 선우라는 이름을 당당하게, 자신 있게 말하고 싶으시니까 열심히 하시는 거죠."

"그래서 그 사모님도 맨날 같이 오시는구나."

수잔의 말을 듣던 태진은 그제야 이해를 하며 고개를 끄덕거렸다. 처음 만났을 때도 자식에게 미안해하는 마음이 느껴졌었다.

"그렇게 열심히 사는 분을 곽이정 그놈은 지만 잘되겠다고… 아휴! 안 그렇습니까? 팀장님?"

태진도 고개를 끄덕거렸다. 그리고 그때, 태진의 전화가 울렸다. 그런데 태진이 화면만 처다볼 뿐 전화를 받지 않는 모습에 옆자리에 있던 수잔이 고개를 내밀어 태진의 휴대폰을 처다봤다.

"어! 곽이정이 왜 전화했지?"

"뭐요? 곽이정이요? 아! 맞다! 아까 이창진 실장님한테도 연락 왔었는데! 어… 뭐지 왜 두 사람한테 전화가 오는 거지?"

태진도 왜 곽이정이 전화를 건 것인지 딱히 떠오르는 것이 없었다. 별일 아닐 수도 있겠지만, 곽이정의 이름만 봐도 껄끄러웠다.

"딱 봐도 개소리할 거 같긴 한데 그래도 받으셔야 하지 않을까요?"

어떤 얘기를 할지 알아야 준비를 할 텐데 전화를 건 이유를 모르다 보니 곽이정에게 휘말릴 수도 있다는 생각이 들었다. 그때, 문득 태진의 눈에 가방에 넣어 둔 무언가가 보였다. 그때, 수잔이 어이없다는 표정으로 태진을 쳐다봤다.

"왜요? 갑자기 가면은 왜 쓰세요!"

수잔의 질문에도 답을 하지 않고 곧바로 통화 버튼을 눌렀다. 그리고는 단원들에게 들려 줬던 목소리로 입을 열었다.

"네, 전화 받았습니다."

―……

"곽이정 팀장님? 말씀하세요."

—한태진 씨 어디 가셨습니까?

"접니다. 말하세요."

태진의 말투는 조각가들 단원들을 대할 때처럼 껄렁거리는 말투였다. 그래서인지 곽이정은 무슨 생각을 하는지 잠시 말이 없었다. 대신 차 안에 있던 국현과 수잔은 난리가 났다. 어쩔 줄모르는 손이며 흔들리는 눈동자며, 잔뜩 불안해하는 상태로 자신들끼리 속닥거렸다.

"팀장님! 너무 나가는 거 아니에요?"

"내 말이! 가면만 쓰면 다른 사람이 되네!"

"다리는 왜 또 쫙 벌려요! 너무 나가지 마요!"

매일 곽이정을 욕하면서도 막 나가는 게 걱정이 되는 모양이었다. 하지만 두 사람의 걱정과 다르게 잠시 뒤에 들려온 곽이정의 말은 정말이지 곽이정스러웠다.

—목소리가 낯설게 느껴지는 걸 보니 너무 오랜만에 하는 통화인가 보군요.

"네, 그러네요. 무슨 일이세요?"

—음.

한숨만으로도 곽이정이 어떤 상태인지 느껴졌다. 태진은 가면을 고쳐 쓰고는 곽이정의 말을 기다렸고, 잠시 뒤 곽이정이 한 발 물러나는 듯한 느낌을 주었다.

—잠깐 봤으면 합니다.
"지금 바쁜데. 전화로 말하세요."
—만나서 하는 게 좋을 것 같군요. 회사에 들어올 때까지 기다리죠.
"오늘 안 들어갑니다. 그냥 말하세요."
—만나서 얘기하는 게 좋을 텐데요.

곽이정의 말이 약간 협박처럼 들리자 태진도 순간 고민이 되었지만, 이왕 시작한 거 끝까지 밀고 나갈 생각으로 가면을 만지며 말했다.

"바빠서요. 지원해 드릴 일이 있어서 연락하셨어요?"
—음. 다 알고 있습니까?

뭘 다 알고 있다는 건지, 무슨 말을 하는지 도통 알 수가 없었다. 하지만 방금 협박을 하는 듯했던 것과 달리 자신이 강하게 나오자 한발 물러나는 걸 보면 분명 자신이 모르는 무언가가 있는 듯했다.

"당연하죠. 그러니까 전화로 말하세요."
—그랬군요. 그럼 잘 알고 있겠네요. 이제 곧 이슈가 될 건 확

실해질 테니 라액에서 그걸 이용해 보고 싶어 하더군요.

"음."

무슨 말을 하는 건지 알 수가 없다 보니 곽이정이 했던 한숨을 그대로 따라 뱉었다.

—바쁜 건 알지만, ETV에서 꼭 필요로 하더군요. ETV에서도 한태진 씨 편의를 봐준 거 아시죠? 스케줄이 빠듯하니 최대한 빠르게 출연해야 합니다.

가면맨과 태진을 다른 사람으로 보이게 만든 편집을 말하는 듯했다. 태진도 라액에 합류하고 싶은 마음은 있었지만, 그동안 겪어 온 곽이정의 행동으로 보아 바로 대답을 해선 안 될 듯했다. 특히나 곽이정의 말이 강압적으로 느껴질 때는 더욱 조심해야 했다. 태진이 최대한 조심을 하느라 입을 다물고 있자, 곽이정이 또다시 입을 열었다.

—뭘 고민하십니까? 아, 플레이스 배우들이 태진 씨를 좋게 본 만큼 지금 하는 일에 책임감을 느껴서 그런 겁니까? 그런 거라면 우리 1팀에서 도와 드리도록 하죠. 그리고 한태진 씨가 직접 뽑고 여기까지 올라오게 만든 정만 군이나 희애 씨를 위해서라도 라액이 우선이 되어야 하지 않겠습니까?

자신을 라액에서 배제하고 싶어서 안달 났던 사람이 할 말은 아니었다. 게다가 지금 프로젝트도 못마땅해하며 반대하던 사람이었는데 지금은 직접 도와준다고 나서고 있었다. 그만큼 자신이 꼭 필요한 일인 듯했다. 그때, 통화를 듣던 수잔이 옆에서 놀란 눈으로 자신의 휴대폰 화면을 태진에게 내밀었다.

수잔의 휴대폰에는 윤미숙의 SNS에 올라온 사진이 있었고, 그 사진에는 의자에 앉아 있는 자신의 모습이 담겨 있었다. 태진이 수잔을 향해 이게 뭐냐는 듯 고갯짓으로 묻자 수잔이 조용하게 속삭였다.

"지금 실검에 가면맨 이름 떠 있어요! 그 밑으로 우리 연극에 지원해 주는 배우들 이름이 쭉 있길래 혹시나 해서 찾아봤죠!"

휴대폰에서는 곽이정이 뭔가 열심히 설명을 하며 때론 협박을 하는 말투로, 때론 달래는 듯한 말투로 이야기를 하고 있었지만, 귀에 들리지 않았다. 태진은 건성으로 대답하며 수잔이 보여주는 화면들을 쳐다봤다.

"팀장님 갑자기 빵 터졌는데요? 아, 갑자기는 아니지."

라엑에 나와 잠깐 이슈가 되었지만, 시간이 지나면 점점 묻힐 수도 있는 일이었는데 강제로 다시 사람들에게 관심을 받고 있었다. 태진도 이렇게까지 많은 관심을 받게 될 줄은 몰랐기에 잠시 당황하긴 했지만, 어차피 가면을 벗으면 자신과는 상관이 없는 일이라는 생각에 금방 정신을 차렸다. 물론 정체를 아는 사람이 많긴 하지만, 지금 당장은 그보다 다른 것에 더 신경이 쓰였다. 태진은 휴대폰을 쳐다본 뒤 가만히 목소리 차단 버튼을 눌렀다. 그러고는 수잔과 국현을 번갈아 쳐다보며 물었다.

"지금 내가 갑인 거죠?"
"그렇죠! 그런데… 뭔 짓을 하시려고 그런 걸 물어보세요……"
"하하, 그냥 물어본 겁니다."
"아… 지금 되게 곽이정 같았어요. 곽이정만큼은 흉내 내지 말아요!"

태진은 입술을 씰룩거리며 다시 목소리 차단을 해제했다.

제2장

—

너도 나도 수작

　태진은 한마디를 뱉고는 곧바로 전화를 끊어 버렸다. 그러자 국현과 수잔은 경악하며 소리를 쳤다.

"그렇게 끊어 버리면 어떻게 해요!"
"국현 씨! 국현 씨는 운전에 집중해요!"
"너무 놀라서 그러죠! 갑자기 '안 합니다' 하고 끊어 버렸어!"
"후… 이래서 갑이냐고 물어본 거였어요?"

　그사이 가면을 벗은 태진도 두 사람과 별반 다르지 않았다. 자신이 안 한다고 말을 하긴 했지만 가슴이 두근거리는 건 어쩔 수 없었다.

"실수한 걸까요?"

"아니! 왜 하나도 안 쫀 얼굴로 쫀 척해요! 그리고 팀장님이 일단 뱉어 놓고 쫄면 어떻게 해요! 가만 보면 막 나가!"

수잔은 기가 막히다는 표정으로 태진을 볼 때, 운전석에 있던 국현의 목소리가 들려왔다.

"아니에요! 잘하셨어요! 이럴 때 아니면 언제 해 보겠어요! 곽이정이 뭐 이상하게 꼬장 부려서 그렇지 무섭진 않잖아요! 수잔은 곽이정이 무서워요? 팀장님은요? 이미 엎질러진 물인데 걱정할 필요 없잖아요."

말은 아니라고 하지만 목소리가 마치 걱정하지 말자고 다짐하는 것처럼 느껴졌다. 두 사람의 반응에 태진은 조용히 입을 열었다.

"다시 전화가 올 거 같아서요. 좀 더 우위에 서 볼까 해서 그런 건데."

"그게 무슨 말이에요?"

"음."

"그 음 좀 하지 마요! 곽이정 같아서 소름 끼쳐요!"

"하하. 알았어요. 곽이정이 이렇게 연락해서 참여하라고 한 이유가 분명히 있을 거라고 생각했어요. 그쪽 상황을 정확히 알지는 못하지만 곽이정이라면 중요한 일은 자신이 할 거라고 생각했거든요."

　같은 팀에서 곽이정을 겪었던 국현은 감탄하듯 소리를 질렀다.

　"맞아! 맞네! 곽이정이라면 무조건이지!"
　"그렇죠? 아닐 수도 있는데 ETV에서 원하면 자기들이 직접 연락을 할 텐데 좀 이상하더라고요."
　"그건 곽이정이 중간에서 팀장님이랑 가면맨 갈라놓을 때 나서서 그런 거 아니에요?"
　"그럴 수도 있고요. 그래도 라액을 대표해서 연락한 건 맞는 거 같거든요. 그러면 저를 데리고 가야지 사람들한테 인정을 받잖아요."
　"아! 그렇지! 남들한테 칭찬받고 인정받는 거 어마어마하게 좋아하지!"
　"그러니까요. 제가 이상하게 전화를 받았는데도 참는 거 보면 제 생각이 맞는 거 같아요."
　"에이, 그 사람 원래 잘 참잖아요. 화내는 걸 한 번도 못 봤는데."
　"아니에요. 진짜 화나면 화내더라고요. 전 몇 번 봤어요."
　"어⋯⋯? 뭔 짓을 했길래요⋯⋯?"

　태진은 멋쩍은 듯 목을 쓰다듬었고, 그런 모습을 옆에서 지켜보던 수잔이 헛웃음을 뱉었다.

"옛말이 틀린 게 하나도 없어요."

"뭐가요?"

"나쁜 건 빨리 배운다고요. 팀장님 처음 봤을 때 표정이야 둘째 치고 성격 자체가 순둥이였는데 지금은 아주 곽이정 뺨 치는데요."

"지금 치고 있잖아요."

"이거 봐요! 후. 하긴 살아남으려면 독해져야지! 좋아! 대신 곽이정처럼 되면 안 돼요!"

"그렇게 안 되게 옆에서 도와주세요."

"아… 살짝 설레었어."

곽이정에 대한 걱정을 하던 수잔은 대화를 하며 걱정이 가셨는지 장난스럽게 받아쳤다. 그러고는 다시 약간 걱정이 되는 표정으로 말했다.

"라액 하긴 할 거죠?"

"해야죠."

"하는 게 좋을 거 같긴 한데… 그런데 지금 하고 있는 일도 많은데 괜찮겠어요? 사실 지금도 여유가 없잖아요. 팀장님 잠도 제대로 못 자는데 이러다가 진짜 아프면 어떻게 하려고 그래요."

"괜찮아요."

"걱정돼서 그래요. 일도 좋은데 건강이 최우선이에요."

진심으로 걱정하는 마음이 느껴진 태진은 수잔을 보며 입술을 씰룩거렸다. 이래서 수잔을 지원 팀에 데려오고 싶었던 것이었다.

"라액도 지금 한창 진행 중이라 제가 가도 그렇게 중요한 건 없을 거예요. 그냥 홍보용으로 출연하라고 그러는 거 같아요."

"아. 그럴 수 있겠네. 하긴 들어 보니까 내로라하는 기획사들 다 뭉쳤는데 뭐 중요한 일 시키진 않겠죠."

"저도 그럴 거 같았어요. 오디션프로그램들 보면 가끔 나오는 참가자들 응원해 주고 그러는 장면 있잖아요. 그런 장면일 거 같아요."

"그럼 문제는 없겠네요. 그런데 언제쯤 일까요? 극단들한테도 스케줄 조정해서 알려 줘야 되는데."

"급한 거 보면 최대한 빠를 거 같아요. 아마 내일 정도?"

"오늘 부를 수도 있잖아요."

"제가 준비가 안 돼서요. 그래도 뭘 하는지는 대충 아는데 정확히 준비를 좀 해야 될 거 같아요."

수잔은 의아한 표정으로 고개를 갸웃거렸다.

"뭘 하는지 어떻게 알아요? 국현 씨도 모르는 거 같은데?"

"거기 친한 사람 있어서요. 필 씨하고도 연락하고 있고, 채이주 씨하고도 연락하고 있어서 무슨 미션 하는지는 대충 알아요."

"오! 인맥 관리!"

"그래도 준비는 해야 되니까 내일 가는 게 맞는 거 같아요."

그때, 운전을 하던 김국현이 결연한 목소리로 말했다.

"저도 곽이정이 부릴 수작을 미리 예상해 보겠습니다!"

"딱히 그럴 건 없어 보여요."

"사람 일은 모르죠!"

"저를 원하는 게 아니라 가면맨을 원하는 거라서 만약 가게 되면 가면 쓰고 갔다가 가면 쓰고 나올 생각이에요."

"곽이정이 가만있겠어요? 막 정체 공개하고 그러는 거 아니에요?"

"당장은 못 하죠. 자기가 나서서 저랑 가면맨을 다른 사람처럼 보이게 만들었는데 바로 말 바꾸진 않을 거 같아요."

"오… 곽이정 마스터. 어떻게 저보다 더 잘 아세요?"

"그럴 거 같아서요. 아! 근데 다른 회사들이 문제구나."

태진은 함께 있을 다른 기획사들을 떠올리며 갑자기 생각에 잠기는 듯했다. 이창진만 하더라도 곽이정만큼은 아니더라도 비슷한 면이 있었고, 다른 관계자들도 곽이정과 비슷할 수 있었다. 그럼 가면맨을 통해 무언가를 얻으려 할 것이라는 생각이 들었다.

한참을 생각할 때, 또다시 태진의 휴대폰이 울렸고, 태진은 또다시 거절을 하고는 전화를 끊어 버렸다. 그러자 수잔이 이번에는 태진이 생각하고 있는 게 있다고 생각하는지 아까보다는 걱정이 덜한 표정으로 물었다.

"이것도 계획이에요?"

"계획이요? 아니요."

"그럼 뭐예요!"

"당황하게 만들고 싶어서요. 한 번만 더하고 수락할 거예요."

"아……."

태진은 다시 생각에 잠겼고, 그런 모습을 보던 국현이 혀를 차며 말했다.

"저러니까 곽이정이 화를 냈지."

*　　　　*　　　　*

다음 날. MfB 연습실의 분위기가 달라져 있었다. 참가자들은 어제와 마찬가지로 모두 같이 연습을 하고 있었지만, 스태프들은 저마다 나뉘어 있는 상태였다. 그리고 스태프들은 심사 위원이자 멘토로 참여한 각자 소속 배우들과 대화를 나누고 있었다. 그 모습을 보는 곽이정은 아차 하는 표정이었다. 그때, 1팀의 이철진이 급하게 연습실로 들어왔다.

"연락해 봤어요?"

"매니저 팀에 연락했는데 스케줄 진행 중이랍니다."

"아니, 그래도 시간이 있을 거 아니에요. 지금 이게 중요한데."

"그렇게 전달했는데 지금 하고 있는 스케줄도 중요하다고 해서요……."

"오늘 안 오면 구설수에 오를 수도 있다고 말했습니까?"

"네, 얘기했죠."

태진의 수락을 들은 곽이정은 의기양양하게 가면맨 섭외를 알렸고, 그와 동시에 상황이 변했다. 특히 우승권에서 거리가 있는 기획사들은 유명 배우들에게 인정받는 가면맨을 통해 참가자가 아닌 심사 위원을 돋보이게 만들고 싶어 했다. 가면맨과 미션에 대해 의견을 나누는 장면만 내보내게 되더라도 연기를 잘한다는 이미지를 가질 수 있었다. 이처럼 쉽게 좋은 이미지를 얻을 수 있는 일이 없었다.

그러다 보니 다른 기획사들도 가만히 있을 수가 없다고 생각했는지 각자 소속 배우들을 대동했다. 결국 모든 심사 위원들과 스태프들로 연습실이 북적이게 됐다. 다만 곽이정은 미처 그 부분을 파악하지 못한 탓에 자신의 예상과 다르게 흘러가는 상황에 난감해진 상태였다.

어제 통화를 하며 어찌나 화가 나던지 지금까지도 화가 안 풀린 상태였다. 자신을 농락하는 것처럼 보이는 태진에게도 화가 났지만, 태진의 수락을 듣고 안도한 자신에게도 화가 났다. 그러다 보니 이성적으로 전체 상황을 검토하지 못했다. 자신의 실수였다. 그때, 이창진이 실실 웃으면서 다가왔다.

"채이주 씨는 안 오나 봐요? 하긴 요즘 잘나가는데 뭐, 도움받을 필요 없겠죠. 부럽다."

"저희는 따로 촬영하면 됩니다."

"아이, 왜 그러세요. 그건 반칙이죠. 우리가 입 다물어 준 거 아시면서."

곽이정은 애써 표정을 관리했다. 겨우 미소를 지으며 목인사를 통해 대화를 마무리했다. 이창진의 말처럼 요즘 채이주의 기세라면 이곳에 오지 않아도 무방했다. 하지만 남들이 알아차리고 준비한 것을 자신은 모르고 있었다는 것이 용납이 되질 않았다. 방금 이창진도 그런 자신을 비웃는 듯한 느낌에 짜증이 밀려왔다.

게다가 채이주도 도움을 주지 않고 있었다. 태진이 라액의 스태프에서 빠진 뒤부터 마치 다른 팀처럼 굴고 있었다. 물론 참가자들과의 관계는 좋았기에 촬영에는 문제가 없었다. 다만 자신이 인정받지 못하고 있는 것이 못마땅했다. 채이주를 생각하자 자신도 모르게 짜증이 섞인 한숨이 나왔고, 그 한숨을 들은 이철진이 조심스럽게 입을 열었다.

"곧 메인 촬영 들어갈 분위기인데요. 채이주 씨한테 다시 연락해 보겠습니다."

"됐어요. 하지 마세요."

"그럼 저희만 없는데……."

곽이정은 아무것도 모르는 이철진의 모습을 보자 그제야 기분이 조금 풀렸다. 이렇게 자신이 없으면 안 되는 상황이 맞는 것이었다.

"우린 무기가 채이주 씨만 있는 게 아니잖습니까."

"네?"

"저 사람들도 저 배우들을 데려온 이유가 자기 회사 이름을 높이려고 하는 거잖습니까."

"그렇죠……?"

"우리도 우리 MfB 이름만 알리면 됩니다."

"그러니까… 어떻게 해야지……."

"로젠 필 씨가 있잖습니까. 채이주 씨까지 있었다면 금상첨화였겠지만, 평소 태진과 친분이 있던 로젠 필 씨만으로도 다른 배우들에게 비빌 수 있을 겁니다."

"와! 역시 팀장님이시네요. 거기까지는 생각을 못 했네요. 그런데… 아까부터 안 보이던데."

"빨리 가서 찾아봐요."

팀원의 칭찬 덕분에 약간 기분이 풀린 곽이정은 마음을 가다듬기 위해 숨을 크게 뱉었다. 이제 PD에게 채이주의 자리를 로젠 필로 채우겠다는 말을 전하면 어느 정도 해결이 될 것이었다. 그사이 카메라들이 하나둘씩 멘토들에게 붙기 시작하며 촬영이 시작되었다. 멘토들은 질세라 참가자들의 연기를 지켜보며 메모를 하거나 조언을 건넸고, 그런 모습을 보자 곽이정도 서둘러야 할 것 같은 마음이 들었다.

곽이정은 먼저 MfB의 사정을 알리기 위해 PD를 찾았다. 그때, 구석에 있는 메인 PD가 이창진과 대화를 나누는 모습이 보였다. 무슨 얘기를 하는지 궁금했지만, 이제 촬영이 시작되었고 태진이 등장한 뒤 어떤 그림을 담을지 이미 상의가 끝난 상태이다 보니 딱히 이창진이 낼 수 있는 수가 없다는 생각이 들었다. 그저 아부성 발언을 하고 있다고 생각할 때, 이창진이 이쪽을 보더니 씨익 웃었다. 그와 동시에 이창진이 PD와 함께 기획사의 관계자들을 불러 모으더니 자신에게까지 이쪽으로 오라며 손짓했다.

곽이정은 중심에 있는 이창진을 못마땅하게 쳐다본 뒤 그곳으로 향했다. 다 모이자 이창진이 한 번 씨익 웃더니 입을 열었다.

"이제 곧 가면맨이 올 시간인데요. 원래 계획은 다 같이 뭉쳐 있는 그림으로 가는 거였잖아요. 그런데 PD님하고 얘기를 해 보니까 너무 산만할 것 같은 느낌이더라고요. 그래서 그 그림도 담으면서 각자 1:1로 시간을 주는 그런 장면도 넣는 게 어떨까요? 우리끼리 하는 말이지만 가면맨하고 좀 경쟁하거나 척지는 그림 생각하신 그런 분은 안 계시잖아요."

이창진의 말이 끝나기 무섭게 다들 손가락을 튕기기까지 하며 환영했다. 하지만 곽이정만은 인상을 찡그렸다. 다 같이 있을 때 로젠 필과의 친한 모습을 보여 우위에 있는 모습을 보여 주는 그림을 생각했는데 이창진의 말처럼 돼 버리면 모두가 같아져 버리게 될 터였다. 게다가 지금 로젠 필은 어디를 갔는지 보이지도 않았다. 그때, 실실 웃는 이창진이 손을 들어 곽이정을 가리켰다.

"곽이정 팀장님도 찬성이죠?"

다들 찬성을 했는데 혼자만 반대를 하면 이상하게 보일 것이었기에 곽이정은 어쩔 수 없이 고개를 끄덕거렸다. 그리고 그때, 연습실 문이 열리면서 누군가가 엉덩이부터 들어오는 모습이 보였다.

문이 열렸으면 바로 들어와야 하는데 한동안 엉덩이만 보이는 모습 덕분에 연습실 안 모든 사람들이 누가 들어오는지 궁금해하며 지켜봤다. 특히 촬영 중이다 보니 돌발 상황에 예민한 PD는 의아해하며 지켜보고 있었다. 조연출이 연습실 앞에서 통제를 하고 있기에 관계자가 아니고는 들어올 수가 없었다. 그런데 아무런 제지가 없는 걸 보면 관계자일 것이었다.

"누군데 저러고 있는 겁니까?"

PD가 모여 있던 각 기획사 관계자들을 보며 물을 때, 엉덩이만 보이던 사람이 천천히 뒷걸음질을 치며 안으로 들어왔다. 그 모습을 본 곽이정은 인상을 찡그렸다.

"김국현?"

"MfB 직원이었어요? 그런데 뭘 찍고 있는 거예요?"

김국현은 카메라를 들고 촬영을 하고 있는 모습이었다. 곽이정은 아직 상황 파악이 되지 않았기에 대답하지 않았다. 그때, 국현이 카메라에 담고 있는 사람들이 보였다. 그 모습을 보고 가장 먼저 반응을 한 건 곽이정이 아닌 이창진이었다.

"어?"

등장한 사람은 다름 아닌 필과 채이주였고, 둘의 가운데에는 가면을 쓴 태진이 있었다. 곽이정은 순간 화가 치밀어 올랐다. 스케줄이 있다는 채이주에게도 화가 났고, 갑자기 연락 없이 자리를 비웠던 필에게도 화가 났다. 자신에게 아무런 상의도 없이 이런 일을 하고 있다는 것이 황당했다. 그리고 무엇보다 자신에게 아무런 말도 없이 이런 상황을 만든 태진에게 가장 화가 났다.

하지만 곽이정은 티를 낼 수가 없었다. 세 사람의 친한 모습을 보는 다른 기획사 관계자들의 표정이 보였기 때문이었다. 다들 자신들이 하려고 했던 일인데 선수를 뺏겨 아쉬워하는 표정들이었다. 특히 이창진은 표정 관리가 안 되는지 얼굴까지 뻘게진 상태였다.

갑자기 등장한 가면맨의 모습에 다들 아무런 말도 없이 지켜보기만 할 때, 연습실 안으로 완전히 들어온 김국현이 카메라를 내려놓았다. 그리고 채이주는 이곳에 있는 선배 배우들과 스태프들에게 먼저 인사부터 건네기 위해 옆으로 빠졌고, 필도 참가자들에게로 갔다.

가면을 쓴 태진만 혼자 남게 되었다. 그런 태진이 주변을 둘러보더니 PD를 발견하고는 천천히 걸음을 옮겼고, 그와 동시에 양쪽에 수잔과 국현이 따라붙었다. PD 앞에 도착한 태진은 손부터 내밀었다.

"초대해 주셔서 감사합니다."
"네? 아, 네."

얼떨결에 손을 잡은 PD는 가면맨의 정체를 알고 있음에도 정말 처음 보는 사람처럼 느껴졌다. 그래서인지 확인차 자꾸 곽이정을 힐끔거렸다. 그때, 태진이 곽이정에게도 손을 내밀었다.

"오랜만입니다."
"그러네요."

이런 모습 때문에 PD는 가면맨이 태진이 아닐 수도 있다는 생각이 들었다. 자신이 그동안 편집하면서 봤던 태진의 느낌과는 너무 달랐다. 솔직히 말하면 동네 양아치를 데려다가 가면을 씌워 놓은 것 같은 그런 느낌이었다. 게다가 말을 할 때, 술 냄새까지 났기에 의심을 할 수밖에 없었다. 그때, 태진이 가면을 살짝 올리더니 옆에 있던 국현에게 말했다.

"어이, 에이전트 양반. 찍은 거 잘 넘겨 드려."
"네! 알겠습니다!"

국현은 뭐가 재미있는지 활짝 웃고는 PD를 보며 말했다.

"채이주 씨는 스케줄 때문에 잠깐만 들른 겁니다."
"네… 알죠. 그래서 이주 씨는 내일 담기로 했습니다."
"내일은 우리 선생님이 스케줄이 안 되서서요. 그렇다고 채이주 씨만 안 나오면 그림이 이상하니 잠깐이라도 나와야 할 것 같아서 같이 있는 모습을 제가 담았습니다. 아! 걱정은 하지 않으셔도 됩니다! 제가 소싯적에 MTV에서 VJ 경력이 좀 있거든요."
"아… 그렇습니까?"
"그림은 참 좋을 겁니다. 가면 선생님하고 채이주 씨하고 원래도 친분이 좀 있었고, 필 선생님하고도 친분이 있어서 쓸 장면이 많으실 겁니다. 저기 조연출분한테 넘겨 드리면 되겠죠?"

말과 동시에 국현은 조연출을 찾아가 버렸다. 그와 동시에 각 기획사의 스태프들의 표정이 일그러졌다. 채이주가 없는 틈을 타 조금이라도 더 이득을 보려 했는데 이렇게 되면 채이주가 가장 큰 득을 볼 것 같았다. 그때, 가만히 있던 곽이정이 이창진을 힐끔 보더니 입을 열었다.

"좀 전에 찬성하냐고 물어보셨었죠? 찬성합니다."

비록 화가 났긴 했지만, 한편으로는 안도감도 들었다. 자칫 마지막 미션에서 MfB만 화면에 나오지 않을 수도 있었던 상황이 단번에 해결되어 버렸다. 물론 태진에게 화가 나 있는 상태지만, 지금은 그보다 이창진의 일그러진 표정을 보는 게 더 우선이었다.

아니나 다를까 이창진은 어이가 없다는 표정으로 태진을 쳐다보고 있었다. 둘 사이가 좋지 않다고 생각했는데 둘이 같은 편에 설 줄은 몰랐다. 게다가 태진은 연극 프로젝트를 플레이스와 함께하고 있기에 한마디 언질이라도 해 줄 거라 예상했는데 그렇지 않은 지금 상황이 혼란스러웠다. 약속한 것은 없었지만, 뒤통수를 맞은 듯한 느낌에 배신감마저 들 때 태진이 이창진을 쳐다봤다. 이창진이 그런 그를 보며 인상을 찌푸릴 때 태진이 입을 열었다.

"재섭이 형님도 오셨습니까?"

갑자기 플레이스의 배우이자 심사 위원인 유재섭을 찾는 말에 잠깐 당황했지만, 이창진은 그 짧은 말에 담긴 의미를 어렴풋이 알 것 같았다.

"저기 왔습니다."
"저기 계시네요. 이따 인사드려야겠군요."

그 말과 동시에 다른 기획사 관계자들은 조금 전 이창진의 표정과 비슷한 표정들을 지었다. 처음부터 친밀한 관계였으면서 아닌 척한 것에 대해 배신감을 느낀 모양이었다. 그들의 시선을 눈치챈 이창진이 미안함을 느끼면서도 유재섭을 돋보이게 만들 수 있는 기회라고 생각하며 고개를 돌릴 때, 태진이 또다시 입을 열었다.

"다른 분들도 다 계시군요. 음, 다들 꼭 만나 뵙고 싶던 분들이었는데 오늘 오길 잘한 듯하군요."

그제야 다른 기획사 사람들의 기분이 풀렸는지 다들 웃으며 태진을 반겼다. 그리고 그 모습을 본 곽이정은 자신도 모르게 헛웃음을 뱉었다. 말 몇 마디로 이곳의 분위기를 들었다 났다 하며 모든 이목을 자신에게 집중시키게 만들었다. 게다가 다소 건방져 보이긴 했지만, 여유로워 보이는 모습에 정말 자신이 알던 태진이 맞는지조차도 의심이 됐다. 지금 채이주에게만 하는 말만 봐도 태진이 아닌 듯했다.

"이제 연기하는 것 좀 봐 볼까요? 야, 이주, 넌 그만하고 촬영하러 가."
"시간 좀 있어요!"
"내가 있으니까 가서 대본이라도 한 번 더 봐라."
"네, 오빠!"

예전의 태진이라면 상상하지도 못할 모습이었다.

＊   ＊   ＊

태진이 할 일은 딱히 없었다. 내로라하는 배우들이며 지도자들이 모여 있었기에 연기에 대해 딱히 얘기할 것이 없었다. 부족한 부분이 있었지만, 이미 지적을 받고 수정을 하는 단계들이었다. 태진을 부른 건 이미 예상했던 대로 그저 자신의 이슈를 이용하려던 것뿐이었다. 지금도 옆 연습실에서 플레이스와 MfB를 제외한 세 곳의 회사와 촬영을 했다.

대부분 화면을 의식한 채로 진행하는 참가자들의 연기에 대한 의논들이다 보니 태진이 딱히 할 얘기가 없었다. 그저 형식적인 대답을 하며 그들의 의견에 맞장구쳐 줄 뿐이었다. 그리고 이제는 플레이스만 남아 있는 상태였다.

잠시 휴식을 취하는 중이었지만, 설치된 카메라가 있었기에 가면까지 벗고 있을 수는 없었다. 정체를 알고 있는 사람들도 있지만, 모르는 사람도 있기에 혼신의 연기를 펼치느라 몹시 피곤함을 느끼며 의자에 몸을 기댈 때, 국현이 무슨 말을 하고 싶은지 입을 뻥긋거렸다.

"왜요?"

"아닙니다! 선생님!"

아무도 없는데 저럴 이유가 없기에 국현을 가만히 쳐다보자 고갯짓으로 차고 있는 마이크를 가리켰다. 태진이 가볍게 웃으며 마이크를 끄자 국현도 그제야 한숨을 뱉었다.

"수잔도 이제 좀 긴장 풀어요!"

"난 괜찮아요!"

"에이! 지금이라도 쉬어 둬요."

"난 안 돼요! 나 긴장 풀었다가 실수할 거 같단 말이에요. 막 팀장님이라고 부르면 어떻게 해요. 아까도 그렇게 부를 뻔해서 얼마나 놀랐다고."

"크크."

국현은 굳어 있는 수잔을 보며 웃은 뒤 태진을 봤다.

"그런데 진짜 팀장님이 말한 대로 가는데요?"

"뭐가요?"

"팀장님이 그러셨잖아요. 여기 오면 참가자들보다 배우들하고 만날 거 같다고 그러셨잖아요. 그래서 채이주 씨하고도 얘기하신 거고."

"아, 그거요. 솔직히 제가 지도할 필요가 없잖아요. 필 씨만 하더라도 저보다 훨씬 경험도 많고 실력도 낫잖아요. 그리고 지금 극단 가르치는 것도 마구잡이식으로 그러고 있는데 여기서도 그러면 잘 못한다는 소문이 날 수도 있으니까."

어제 차 안에서 오늘 있을 일을 예상하며 했던 말들이었고,

그게 그대로 흘러가는 게 신기한 모양이었다. 태진도 이렇게 될 거라 예상만 했을 뿐, 정확히 이렇게 될 거란 생각은 없었다. 채이주를 부른 것도 만약을 대비해 번거롭더라도 미리 준비를 해 둔 것이었다. 만약에 아닐 거라고 생각하고 넘겼다면 채이주만 화면에 나오지 못하는 상황이 발생할 수도 있었다.

"아니, 그것도 신기한데 그거 말고 이창진 실장님 말이에요."
"이창진 실장님이 왜요?"
"진짜 아까 완전 삐졌었는데 재섭이 형님이라고 불러 주니까 아주 주변 살피느라 눈알 굴리는 소리가 들리던데요. 그분도 참 대단하고. 바로 알아차리고 받아치는 거 보고 아, 역시 괜히 실장이 아니구나 싶더라고요. 진짜 어떻게 아셨어요?"

태진은 이창진을 떠올리며 입술을 씰룩이며 말했다.

"솔직하고 조금 더 착한 곽이정이라고 생각하면 될 거 같아요. 순한 맛 곽이정이라고나 할까요?"

태진이 그동안 이창진을 보며 느낀 바로는 정도가 심하냐 아니냐의 차이일 뿐 대부분이 비슷했다. 기준을 곽이정으로 두었기에 상대적으로 착하다 생각할 수 있었지만, 제3자가 본다면 착하다고 보지 않을 사람도 있을 것이었다. 그때, 연습실 문이 열리면서 이창진과 유재섭이 들어왔다. 그리고 그 옆에는 라이브 액팅의 메인 PD도 함께 서 있었다.

국현과 수잔이 다시 뒤로 물러났고, 태진이 다시 마이크를 켜려 하자 이창진이 급하게 말했다.

"촬영은 좀 이따 하고, 잠깐 얘기 좀 하죠."

"네, 그럽시다."

"그럽시다… 아 참! 진짜 한태진 팀장 맞아요? 맞는 거 같기도 하고 아닌 거 같기도 하고."

어차피 자신의 정체를 알고 있는 사람들이었다. 특히 유재섭과 이창진은 팬텀 연기를 할 때도 같은 장소에 있었던 사람이었다. 태진은 카메라를 위치들을 확인하고는 자리를 옮겨 카메라를 등졌다. 그러고는 가면을 살짝 올리고는 원래 자신의 목소리로 말했다.

"저 한태진 맞아요."

"어! 맞네! 와! 소름 돋아! 재섭이 형이 자꾸 한 팀장 아니라고 해서!"

함께 온 유재섭도 어이가 없는지 헛웃음을 뱉었다.

"난 진짜 재상인 줄 알았네. 아까 형님이라고 할 때 무조건 재상이구나라고 생각했는데."

"속여서 죄송해요."

"아니에요. 뭐 이렇게 된 거 계속 형이라고 불러도 돼요."

태진은 가볍게 웃는 것으로 대답을 대신하며 이창진에게 질문했다.

"저한테 하실 말씀이라도 있으세요?"

"아! 있죠."

이창진은 PD를 힐끔 쳐다보며 고개를 끄덕거렸다. 그 모습을 본 태진은 PD와 관련된 일이라는 걸 바로 알 수 있었다.

"지금 SNS에서 가면맨에 대해서 궁금증 폭발하는 거 아시죠?"

"네, 저도 어제 봤어요."

"장난 아니에요. 그거 다 우리 플레이스에서 그렇게 만든 거 아시죠?"

"네, 다 배우님들이 칭찬하셨더라고요."

"하하. 그거 다 제 작품입니다."

이창진이 그런 짓을 했다고 예상하진 못했지만, 다섯 배우가 동시에 올린 걸로 보아 플레이스에서 기획한 것이라는 건 예상하고 있었다. 이런 걸 우선적으로 말하는 걸 보아 뭔가를 부탁하기 전 감사 인사를 받음으로써 우위에 서려고 하는 느낌이었다.

방금 전까지도 순한 곽이정이라고 소개했는데 그 말 그대로 행동하는 모습에 태진은 속으로 웃음을 삼켰다. 아니나 다를까 다른 용건이 있는 모양이었다.

태진도 이런 상황까지 예상한 것은 아니었기에 이창진이 무슨 말을 할지 궁금했다. 그때, 이창진이 사람 좋아 보이는 미소를 지으며 말했다.

"사실 저는 그냥 의견을 낸 거고 한 팀장님이 잘해 주셨으니까 그렇게 된 겁니다. 그래도 예상했던 거보다 일이 좀 커졌어요. 사람들이 한 팀장님을, 아니지, 가면맨을 꽤 많이 궁금해하더라고요."

"그건 배우님들이 그런 글을 올리셔서 그런 거겠죠."

"사실 제가 올리란다고 그걸 올릴 사람들이 아니에요. 실제로도 엄청 마음에 들어 했어요. 기대도 안 했는데 한 사람이 연극을 이렇게까지 만들 수 있다는 거에 얼마나 놀라워했다고요. 그것도 시간이 많았으면 그러려니 하는데 시간도 짧았잖아요."

이창진이 본론을 말하기 전 분위기를 잡으려고 하는 말이란 걸 알면서도 그동안 힘들었던 만큼 인정받는 느낌에 뿌듯함마저 들었다.

"그래서 덩달아 연극 프로젝트도 관심이 굉장히 많아졌어요. 그래서 회사에서도 좀 규모 좀 키워 보려고 하거든요."

"아, 잘됐네요. 다들 좋아하겠어요."

"그렇죠. 아직 시작도 안 했지만, 벌써 다음 시즌도 생각하고 있더라고요."

"아! 벌써요."

"그렇죠. 이 정도면 따로 홍보를 안 해도 될 정도의 관심이거든요. 그래서 미리 준비를 하는 편이 좋죠. 이게 다 한 팀장님이 이뤄 낸 겁니다. 아! 물론 이번 프로젝트도 지원이 달라질 겁니다!"

태진은 사실 해도 그만, 안 해도 그만이었다. 이번 일도 단우가 아니었으면 시작도 안 했을 일이었다. 그리고 연극보다는 영화나 드라마가 더 취향에 맞았다. 그러다 보니 지금 당장은 뿌듯하기는 했지만, 그다음이 궁금하진 않았다. 그때, 이창진이 웃으며 말했다.

"그래서 그런데, 처음 시작을 했으면 끝까지 책임을 지는 게 좋을 거라고 생각합니다. 그래서 우리 플레이스에도 한 팀장이 계속 맡아 주셨으면 하더라고요. 언제까지 시즌이 이어질지는 모르겠지만, 진행이 되는 동안은 한 팀장님이 도움을 좀 주셨으면 해요."

"제가요?"

"정확히 말하면… 가면맨이죠. 하하. 가면맨이 팀장님이고 팀장님이 가면맨이고, 그런 거 아니겠습니까? 저희도 MfB에 의뢰를 다시 할 테지만 또 팀장님이 하시는 게 아니라 다른 사람이 오면 좀 그래서요. 아! 그리고 저희 직원이 다시 미팅 잡고 말하겠지만, 가면맨만 따로 지도비를 준비할 겁니다. 하하, 섭섭지 않을 겁니다."

태진은 갑작스러운 얘기에 약간 당황스러웠기에 애꿎은 가면만 고쳐 썼다. 딱히 자신이 대답을 할 수 있는 그런 위치가 아니었다. 만약에 회사에서 의뢰를 받더라도 다른 팀에 넘기면 어떻게 할 수 있는 게 없었다. 그렇기에 대답을 하지 못하고 있을 때, 뒤에 있던 국현이 웃으며 앞으로 나왔다.

"저, 대화 중에 끼어들어서 죄송한데요. 지금 바로 대답을 해야 되는 건 아니죠?"

이창진은 순간 당황했지만, 이내 다시 미소를 지었다.

"아! 그럼요! 어디까지나 제안이죠!"
"맞죠? 제가 괜히 끼어들었네요. 하하."

태진은 국현이 무슨 의미로 한 말인지 이해가 되지 않았다. 하지만 국현이 갑자기 끼어들 만큼 급한 것이라면 무슨 문제가 있고, 국현이라면 자신을 위해서 나섰을 것이라는 것을 알기에 입을 다물었다. 그러자 이창진이 뭔가 아쉽다는 표정을 짓더니 말을 이었다.

"아이고, 제가 뭐 닦달하는 건 아닙니다! 아니고요! 제가 벌써 이런 말씀을 드린 거는 아무래도 프로젝트를 계속 이어 가려면 가면맨의 정체가 드러나지 않는 게 좋을 거 같아서 한 말입니다. 그건 아시죠?"

"어떤 거요?"

"원래 곽이정 팀장이 여기 최 PD님하고 딜을 했거든요. 라액 마지막 미션까지 끝나고 그다음 주에 스페셜 특집을 꾸밀 예정 이라서요. 지금 당장은 말고 특집에서 팀장님을 공개하는 걸로 얘기가 됐더라고요."

곽이정에게 부탁을 해서 이런 상황이 된 건 알고 있지만, 어떤 내용이 오갔는지까지는 전해 듣지 못했기에 처음 듣는 얘기였 다. 하지만, 정체가 드러난다고 해서 문제 될 건 없었다. 예전에 영상에 나왔을 때도 잠깐 이슈가 되었다가 금세 사그라들었다. 그리고 얼마 전 모든 뉴스에서 자신의 얼굴까지 나왔었는데 지 금은 자신에 대한 얘기조차 없었다. 그만큼 관심이 빠르게 사그 라들었고, 어차피 이번에도 마찬가지일 거란 생각이 들었다. 물 론 당분간은 알아보는 사람이 많겠지만, 대부분을 차로 이동하 고 그러다 보니 딱히 걱정은 되지 않았다.

"그랬군요."

"네? 아! 네! 그랬죠. 사람들이 알아보고 사진 찍어 달라고 그 럴 텐데 그게 얼마나 귀찮은 일인지 아시죠?"

"귀찮은 거보다 어떻게 반응을 해야 할지 모르겠더라고요."

"아! 잘 아시네! 그래서 아까 그 얘기도 먼저 말한 겁니다. 저

희 일을 맡아 주시면 PD님도 가면맨을 공개하지 않기로 해 주신
다고 했습니다."

태진은 왜 라액 PD와 이창진이 같이 왔는지 이해되었다.

"대신 나중에 PD님이 기획하시는 프로그램에 도움이 필요할
때 출연하시는 정도면 어떨까 합니다."

가만히 듣던 태진은 나오는 헛웃음을 참았다. 회사에 처음 들
어왔을 때라면 모를까, 지금은 곽이정 덕분에 대화를 할 때 약간
의 의심부터 하게 됐다. 이걸 고맙다고 해야 되는지 우스웠지만,
지금만큼은 고맙게 느껴졌다.

'날 두고 자기들끼리 거래가 오가고 그런 건가?'

정작 태진은 아무것도 한 것이 없는데 둘이 북 치고 장구 치
고 한 듯한 모양새였다. 그렇다고 여기서 따질 수는 없었다. 아
직 라액이 끝난 것은 아니었기에 참가자인 정만과 희애에게 최대
한 피해가 가지 않는 편이 좋을 듯싶었다. 태진은 최대한 부드러
운 느낌으로 PD를 보며 말했다.

"다른 분도 아니고 최 PD님이신데 제가 도울 수 있는 건 최대
한 도와 드리겠습니다."

아무 말도 안 하던 PD는 그제야 환하게 웃으며 말했다.

"그렇게 말해 줘서 고마워요. 그런데 어쩌면 그렇게 연기를 잘해요. 차라리 라액에 지원하지 그랬어요."
"아닙니다. 저는 그냥 옆에서 지켜보고 잠깐 잠깐만 보여 주니까 잘해 보이는 거지 사실은 연기를 잘하는 편이 아닙니다."
"겸손한 척 안 해도 돼요. 내가 다 확인했는데요. 아무튼 날 좋게 봐줘서 고마워요."
"저야말로 별것도 아닌데 그런 제안을 해 주셔서 감사하죠."

뒤에서 지켜보던 수잔과 국현은 약간 고개를 숙인 채 눈을 맞췄다. 두 사람 모두가 자신이 아는 태진이 아닌 것 같다는 표정들이었다. 그때, 이창진이 크게 웃으며 대화에 끼어들었다.

"아! 그럼 아까 제가 말씀드린 제안도 하시겠다는 거죠?"
"그건 좀 더 생각해 볼게요."
"네? 방금 PD님 제안은 받아들이셨잖아요……?"
"그건 할 수 있죠."
"그러니까 제가 드린 제안을 받으실 생각이시니까 PD님 제안도 허락하신 거잖아요?"
"그건 다른 문제 같아서요. PD님 제안은 제가 바로 결정할 수 있지만, 실장님 제안은 생각이 좀 필요할 거 같거든요. 그래도 최대한 좋은 방향으로 생각해 볼게요."

이창진은 어이없다는 표정으로 PD에게 도움을 청했다. 하지만 이미 얻을 걸 얻은 PD로서는 딱히 도와줄 이유도 없고 방법도 없었기에 시선을 피했다. 태진의 말을 듣고 나니 이창진 없이 직접 태진과 얘기를 나누는 편이 훨씬 쉽고 간단할 것 같았다.

이창진은 더 이상 밀어붙이게 되면 자신의 모양새만 이상해진다는 걸 아는지 한발 물러났고, 그제야 유재섭과의 촬영이 시작되었다.

*　　　*　　　*

플레이스와의 촬영이 끝났기에 지원 팀 세 사람도 극단들을 만나러 갈 준비를 했다. 김국현은 아까의 대화가 떠오르는지 큭큭거리며 웃었다.

"크크, 진짜 순한 곽이정이던데요? 수잔이 보기에는 그렇죠?"

"난 깜짝 놀랐잖아요. 팀장님이 말 안 했으면 난 속았을걸요. 근데 팀장님 말 듣고 나니까 플레이스는 그냥 제삼자더라고요. 진짜 웃긴 사람이야."

"하하하. 나도 순간 혹할 뻔했죠. 그런 걸 바로 알아차린 우리 팀장님이야말로 대단하죠."

"그러게요. 속아 넘어갔으면 아무것도 안 하는 이창진 실장 입김만 세졌을 텐데."

대화를 듣던 태진이 피식 웃다 말고 입을 열었다.

"그거, 국현 씨 때문에 안 거예요."
"저요?"
"아까 중간에 나서시길래 뭔가 이상한가, 생각하다 보니까 알게 되더라고요."
"아!"
"그런데 왜 갑자기 그런 말 하신 거예요?"

국현은 아까의 대화가 떠오르는지 어이없다는 표정으로 헛웃음을 뱉었다.

"후려치려고 하잖아요."
"뭘요?"
"가면맨 가격이요! 우리는 에이전트 전문 회사인데 어디서 그걸 후려치려고!"
"아!"
"지금도 사실 이 정도면 페이를 따로 받는 게 정상인데 그걸 챙겨 준다고 생색낼 때부터 이상하더라고요. 그런데 그것도 모자라서 지금 바로 계약하려고 아주 난리 났더라고요. 지금 계약하면 가면맨 싸게 계약할 수 있으니까요!"
"아! 그러네요! 전 몰랐어요."
"그게 원래 당사자는 잘 몰라요. 앞에서 살살거리고 칭찬하고 그러면 정신이 있겠어요? 그렇게 사기당하는 거거든요. 뭐, 사기까지는 아니지만. 그리고 팀장님은 애초에 가면맨으로 계속하실 생각이 없으니까 거기까지는 생각을 못 하시는 거죠."

태진은 그제야 국현이 나선 이유를 알고는 고개를 끄덕거렸다. 실제로도 가면맨으로 계속 활동할 생각이 없다 보니 계약 같은 건 생각도 안 하고 있었다. 그리고 에이전트로서의 경험이 아직 적다 보니 몰랐던 이유도 있었다.

"그런 거 보면 진짜 팀장님이 말한 게 맞아요. 잘해 주는 척하면서 뒤통수치는 게 딱 곽이정이야."

태진은 다시 한번 사람들과의 대화에 조금 더 경각심을 가져야겠다고 생각했다. 국현과 수잔은 어떨지 모르겠지만, 태진이 느끼기에는 두 사람을 제외하고는 믿을 사람이 없었다. 그때, 태진을 이렇게 만든 장본인이 등장했다.

"한태진 씨."

바로 곽이정이었다. 국현과 수잔은 마치 경호원이라도 되는 듯 태진의 옆에 바싹 붙어 섰고, 태진은 두 사람의 기운을 받아 곽이정에게 인사를 건넸다.

"안녕하세요."
"시간 좀 있나요? 대화 좀 하고 싶은데요."

곽이정은 국현과 수잔을 보며 손가락 두 개를 들어 올렸다. 그러고는 비켜 달라는 듯 손가락을 움직였다. 당연히 기분 나빠 하고 있는 두 사람이었고, 태진은 둘에게 양해를 구했다. 그러자 국현과 수잔 두 사람은 태진을 보며 걱정 어린 시선과 응원의 시선을 보내며 밖으로 나갔다.

태진은 곽이정이 무슨 이유로 자신을 찾아온 건지 어렴풋이 알고 있었다. 아무래도 오늘 상황으로 인해 자신이 속았다는 걸 문제 삼으려는 것 같았다. 아니나 다를까 자리에 앉은 곽이정이 숨을 크게 뱉으며 말했다.

"날 이용한 거였더군요? 그런 것도 모르고 나는 모든 판을 만들어 준 거고요."

"얽히고 얽혀서 이런 상황이 된 거지 이런 상황을 만들려던 건 아니었습니다."

"그래요? 그렇다면 그런 거지. 그래서 기분이 어때요. 아, 날 속인 기분 말고 자기가 짠 판이 성공적으로 돌아가는 걸 본 기분 말이에요."

그저 맡은 일에 최선을 다했을 뿐이지 일부러 가면맨이 부각되는 상황을 만들려던 것은 아니었다. 그렇기에 태진은 실제로 이렇다 할 기분을 느끼지 못했기에 아무 대답도 하지 않았다. 그러자 곽이정이 피식 웃었다.

"한태진 씨도 이제 이 바닥에 어울리는 사람이 돼 가는군요. 난 처음부터 그럴 줄 알았습니다."

곽이정은 마치 칭찬을 하는 듯한 말투였고, 그 말을 들은 태진은 움직이지 않는 미간을 움직이려 했다.

"그런 거 아닙니다."
"다 그렇게 시작하는 겁니다."

상대가 곽이정이었기에 최대한 속내를 보이려 하지 않았는데 칭찬을 부정하고 싶은 마음에 그럴 수가 없었다.

"그런 말 하시려고 찾아오신 거예요?"
"이렇게 적의를 드러내는 건 별론데. 음, 왜 나한테 적의를 드러내고 멀리하려는 건지 모르겠지만 에이전트를 하다 보면 날 이해하게 될 겁니다. 그리고 그런 이유 때문에 찾아온 것은 아니죠."

곽이정은 평소처럼 미소를 짓고 있는 가면을 쓴 것 같은 얼굴로 태진을 봤다. 그러고는 가볍게 고개를 끄덕이며 말했다.

"오늘 일은 고마웠습니다. 그럼 또 보죠."

그 말을 끝으로 곽이정은 자리에서 일어났고, 태진은 곽이정이 고개까지 숙이는 인사를 하는 바람에 머리가 더 복잡해졌다. 저 인사가 진심인지 아니면 다른 수작을 부리려고 하는 건지 판단이 서질 않았다.

제3장

—

기획부장

다음 날 태진은 극단이 아닌 플레이스가 소유하고 있는 극장에 자리했다. 어제 이창진과의 대화에서 지원이 달라질 거라고 듣긴 했는데 이렇게 곧바로 달라질 줄은 몰랐다. 플레이스에서는 극장에서 연습을 할 수 있도록 장소를 제공했다. 하지만 다섯 팀이나 되다 보니 모두가 사용할 수는 없었기에 시간을 나눠 태진의 지도를 받을 때에만 극장을 사용하기로 했다.

"스흡, 좀 그러네."

"뭐가요?"

"이렇게 할 수 있으면서 진즉에 좀 해 주면 얼마나 좋아요. 우리도 멀리 있으니까 편하고! 혹시나 오해하실까 봐 미리 말씀드리는데 떠들 수 있어서 그러는 건 아닙니다!"

태진도 국현의 말에 동의하는 부분도 있었지만 그렇지 않은 부분도 있었다.

"실제 공연하는 장소에서 연습하는 건 도움이 될 거 같긴 한데……."

"그러니까요. 얼마나 좋아요."

"그런데 이런 것들이 다 저한테 맞춰진 거 같아서 좀 그래요. 조각가들 같은 경우는 여기서 연습하고 돌아가면 한 시간 반이나 걸릴 텐데 그만큼 연습할 시간이 줄어들잖아요."

"그것도 그렇긴 하네요. 그래도 이제 공연이 얼마 안 남았으니까 자기들끼리 하는 연습보다는 이곳에서 하는 게 더 도움 될 거 같은데요. 안 그래요? 수잔?"

연극 경험이 있던 수잔은 고개를 끄덕거리며 대답했다.

"그렇죠. 무대에 익숙해지는 게 훨씬 도움이 되죠. 그리고 이제는 자기들끼리 분석 잘해 오잖아요. 저기 저 사람들 봐요."

수잔은 앞쪽에 자리한 플레이스의 관계자들을 가리켰다. 그동안은 얼굴도 안 내비쳤던 사람들이 지원을 하겠다고 와 있는 상태였다. 그리고 그 사람들은 약간 놀라워했다. 다들 처음의 연기만 봤었기에 짧은 시간에 이렇게 달라져 있을 거라고는 생각지 못했는지 많은 표정을 담고 있었다.

"저 콘텐츠 기획부장 봐요. 아까 연습하는 거 보면서 아주 그냥 눈 반짝이는 거 보셨죠? 전에 우리가 극단 뽑아서 건네줬을 때 그때는 아주 시큰둥했는데 아까는 박수까지 쳤잖아요. 깍쟁이처럼 생겨서 아주 하는 짓도 좀 얄미워 보여."

"그건 배우들이 엄청 잘해서 그런 건 아니죠."

"알죠. 그래도 어느 정도 만족했으니까 저런 반응을 보이는 거죠. 리액션이 저렇게 큰 건 팀장님한테 잘 보이려고 하는 거겠지만."

콘텐츠 기획부장은 어제 이창진이 했던 말을 그대로 제안했다. 물론 제안 내용만 같을 뿐 훨씬 적극적이었고, 어떻게 진행될지에 대해서도 구체적으로 설명했다. 하지만 태진은 어제와 마찬가지로 생각해 보겠다는 대답을 내놓았다.

"그만큼 지금 팀장님 위상이 하늘을 찔러요. 저 사람들 안 가고 계속 있잖아요. 두 명은 또 어디 갔네!"

"그건 티저 영상 만든다고 허락 구하려고 있는 거잖아요."

"에이! 그건 핑계죠! 계속 팀장님 힐끔거리는데."

태진은 멋쩍은 듯 가면을 괜히 한 번 만지고는 말했다.

"제가 잘해서 그런 게 아니라 배우님들 때문에 그렇죠."

"그건 아니죠. 저 사람들 바뀌는 걸 우리가 봤는데요. 그걸 플레이스에서 알린 거고요."

태진은 가까운 사람의 칭찬이 멋쩍은지 입꼬리만 움직였다.
그때, 김국현이 약간 불안한 듯한 표정으로 입을 열었다.

"팀장님 인기가… 이렇게 많아지면 말이에요. 스흡, 음."
"왜요?"
"혹시나 해서 여쭤 보는 건데요. 진짜 이쪽으로 나가실 건 아
니시죠?"
"네?"
"지금 사람들한테 엄청 관심받고 계시니까요. 혹시나 해서요."

태진은 헛웃음을 뱉으며 말했다.

"그럴 일 없어요. 또 잠깐 반짝이고 말 거예요."
"그 반짝이 눈부실 정도로 반짝거리는 건데요! 지금 플레이스
배우님들도 재미 들려서 전부 자기가 응원하는 연극들 소개하
잖아요. 꼭 가면맨 태그 붙여서."
"절대 그럴 일 없어요. 컨셉 잡고 활동하는 건 잠깐이잖아요.
가면을 벗어야 되는데 제가 표정을 못 짓는 상태에서 배우 할 수
도 없고요."
"아니, 제가 걱정하는 건… 배우가 아니라 연출이나 지도자로
나가실까 봐요. 이 정도면 다 데려가고 싶어 할 걸요. 그리고 팀
장님도 재미있어하시는 거 같아서요."

"재미있긴 하죠."

"봐요! 솔직히 말하면 저나 수잔이나 팀 버리고 왔는데! 수잔은 그나마 관계가 좋기라도 하지 저는 회사 그만둬야 돼요!"

"절대 안 해요."

태진의 대답을 들었음에도 국현은 약간 불안한 듯한 표정을 지었고, 태진은 오히려 솔직한 모습이 더 고맙게 느껴졌다. 아직 사람을 많이 겪어 보지 않았기에 속마음까지 전부 알 수가 없는 상태인데 자신의 입으로 걱정을 먼저 말해 주니 고맙지 않을 리가 없었다. 태진은 그런 국현을 보더니 갑자기 휴대폰을 꺼내 들었다. 그러고는 잠시 무언가를 찾는지 만지작거리더니 국현에게 건네주었다.

"이게 뭔데요?"

"한번 봐 보세요. 수잔도 같이 보세요."

국현과 수잔은 머리를 맞대고 태진의 휴대폰 화면을 쳐다봤다.

"배우들 정보네요?"

"뭐야. 이게 다 몇 명이야."

수잔은 휴대폰을 가져가더니 읽어 보기도 전에 엄지를 쉴 새 없이 위로 올렸다. 그러고는 놀란 표정으로 태진을 쳐다보며 물었다.

"설마 극단 배우들 다 적어 두신 거예요?"

태진은 가면 속으로 미소를 지은 채 고개를 끄덕거렸다. 그러자 국현과 수잔은 동시에 혀를 내밀고는 다시 휴대폰 화면을 쳐다봤다.

"와… 엄청 짧은 역인 배우까지 다 있네요. 이 사람은 누구야."
"스흡, 저도 모르겠는데요. 아! 내용 보니까 알겠네. 어나더 레벨 극단에 있는 배우잖아요."
"아! 그러네. 그 짧게 나오는 사람."
"아… 나 진짜 소름 돋았어. 이 사람한테 어울리는 배역도 있어요. 영화 '강적'에서 주연 고문하는 사람도 아니고! 고문 도구 넘겨주는 사람! 난 강적 봤는데 기억도 안 나네!"
"이 사람뿐만이 아니라 죄다 어울릴 거 같은 배역이 있어요. 보고 있으니까 진짜 어울리는 거 같은데요! 상상이 되죠?"

태진이 정리해 놓은 내용을 보던 두 사람은 어이가 없다는 듯 태진을 쳐다봤다. 수잔은 다시 휴대폰을 쳐다본 뒤 태진에게 물었다.

"이걸 언제 다 적어 두신 거예요?"

"제대로 알려 주려면 표본이 있는 게 좋을 거 같아서 찾은 거예요. 비슷한 연기를 하는 분들이 있어서요. 그걸 기준으로 알려 주고 그러다 보니까 배우들 연기가 더 잘 보이더라고요."

"아… 이걸 혼자 다 하셨어요? 우리한테 말씀하시면 같이 하잖아요."

"시나리오 분석하면서 한 거라서요."

"이거 보니까 부끄럽네……"

"뭐가 부끄러워요?"

"우린 그냥 바쁘게 움직이기만 했잖아요. 팀장님이 더 시간이 없었을 건데!"

"수잔은 가족이 있잖아요. 맨날 하던 칼퇴근 못 해서 죄송한데 이런 거까지 어떻게 부탁해요. 그리고 이건 제가 해도 충분한 일이라서요."

그때, 국현이 궁금한 표정으로 수잔이 들고 있던 휴대폰을 가져갔다.

"그런데 여기 배우들 이름 옆에 있는 기호는 뭐예요? 누구는 네모고 누구는 세모던데요?"

"엑스를 주는 건 좀 기분이 나쁠 거 같아서요."

"엑스요? 아… 그러니까 평가! 왜 이런 평가를……"

"이거 우리 일이니까요. 저희 여기서 캐스팅해 가야 되잖아요."

"아……"

국현의 눈동자가 순간이지만 심하게 흔들렸다. 그와 동시에 부끄러워하면서도 태진의 행보에 대해 불안해하던 것을 날려 보냈는지 후련한 표정으로 입을 열었다.

"전 이렇게 생각하고 계신지도 모르고! 괜히 팀장이 되는 게 아니네요! 제가 너무 무지했어요! 제가 오히려 프로젝트에만 신경을 쓰고 있었습니다! 죄송합니다!"

"아니에요. 뭐 그렇게까지 그러실 필요 없어요."

"아닙니다! 이제는 마음에서 존경심이 우러러 나옵니다!"

국현의 장난스러운 말에 수잔이 피식거리더니 말했다.

"평소에는 존경 안 했나 본데요?"

"아니! 그런 건 아니죠! 왜 우리 사이를 갈라놓으려고 그래요."

"어우, 징그러워. 농담이에요. 저도 생각은 하고 있었는데 이렇게까지 정리해 놓진 않았어요. 그런데 네모가 엑스예요, 세모가 엑스예요? 제가 보기에는 네모가 엑스 같은데."

수잔의 질문은 배우들에 대해서 알고 있었기에 할 수 있는 질문이었다.

"맞아요. 제가 임의로 평가한 거긴 한데 그래도 이름 옆에 엑스를 주는 건 좀 그래서요."

"음, 그럼 세모가 우리가 눈여겨봐야 할 사람들이에요? 생각보다 좀 많은데요?"

이번 질문은 틀렸다는 듯이 태진이 고개를 저으며 대답했다.

"세모는 음, 뭐라고 해야 될까요. 보통? 애매하다?"
"어……?"
"다른 기호도 있어요?"
"네, 있죠. 동그라미 있어요. 동그라미는 잘될 거 같은 배우고요."
"동그라미가 있어요? 못 봤는데요?"
"지금 잠깐 봐서 못 보셨을 거에요. 한 명 있어요."

그 말에 국현은 다시 휴대폰을 보며 동그라미를 찾기 시작했고, 잠시 뒤 화면을 내밀며 말했다.

"찾았습니다!"
"맞아요."
"권단우! 이 사람만 동그라미예요?"
"네, 제가 보기에는 그랬어요."
"주연에다가 열심히 하기는 하지만 막 그렇게 뛰어나진 않은 거 같은데……."

수잔도 국현의 말에 동의하며 나섰다.

"저도 장터국밥 극단에서 주연하는 배우일 줄 알았는데. 정광영 씨였나. 그분 연기 괜찮지 않았어요?"

"그분도 괜찮긴 한데 연극에 대한 사랑이 어마어마하더라고요. 자기가 속한 장터국밥에도 애정이 어마어마하고요. 연습할 때 보셨잖아요."

"아… 그랬지. 뭘해도 다 같이 하려고 그랬던 거 같아요. 맨날 장! 터! 국! 밥! 구호 외치고. 누가 보면 국밥집 홍보하는 줄 알겠어."

정광영을 흉내 내던 국현은 태진의 말을 이해했는지 고개를 끄덕거렸다.

"듣고 보니까 진짜 단체 의식? 이런 게 좀 있는 사람 같네요. 군인도 아니면서 뭘 그런 걸 그렇게 좋아할까."

"그만큼 애정이 있는 거겠죠. 장터국밥 초창기 멤버예요. 그래서 아직은 어디 소속 되는 걸 생각하고 있지 않은 거 같아요. 그리고 제가 느끼기에는 좀 거친 느낌의 연기 말고는 다르게 연기를 하지는 못하는 거 같아요. 그런데 문제는 이미 비슷하다 못해 거의 같은 느낌을 주는 배우분이 있잖아요. 권오혁 배우님이요. 그분하고 경쟁을 해야 되는데 많이 부족해 보이거든요."

그때, 국현이 급하게 대화에 끼어들었다.

"권오혁이요?"

"아세요?"

"알죠. 연기는 잘해도 인성은 쓰레기라고 유명한데. 저도 전에 촬영장에서 봤을 때 어찌나 사람을 무시하는지 아주 자기만 잘 났어요. 플레이스니까 달래서 데리고 있는 건지 언제 문제 터져도 이상하지 않은 사람인데. 어우, 아깝다."

"뭐가요?"

"권오혁 같은 사람보다 정광영 씨 같은 성실한 사람이 성공해야 되는건데!"

"정광영 씨가 성실한 건 어떻게 아세요?"

"알죠! 번호도 교환했는데."

언제 또 저런 친분을 쌓았는지 신기하기만 했다. 그런 국현이 다시 물었다.

"그럼 권단우는요?"

"단우 씨도 지금은 많이 부족하죠. 하지만 이제 알을 깨고 나오는 중이거든요. 수잔은 전에 봤죠? 단우 씨 연기. 전에는 연기가 아닌 자신의 모습만 보여 주고 싶어 했거든요."

"그게 나쁜 거예요? 오히려 좋은 거 아닐까요? 메소드연기잖아요."

국현의 의아함에 수잔이 웃으며 말했다.

"메소드라는 게 만약에 극 중 같은 상황이라면 정말 저런 행동을 할 수 있겠다고 관객이나 시청자가 그렇게 느껴야 하는데 권단우 씨는 그런 게 아니에요. 그냥 사람들한테 자신을 보이려고 애쓰는 그런 연기? 나 이런 사람이라는 걸 알려 주고 싶어서 애쓰는 그런 느낌이거든요. 그래서 그런가 연기라는 느낌이 잘 안 들어요. 분석은 뛰어난데 연기가 따라가지 못하는 그런 부류였어요."

"그래요? 그런데 지금은요?"

"방금 말했듯이 분석은 잘했거든요. 그래서 그런가 자기를 없애고 캐릭터를 제대로 소화하려고 하는 것처럼 보였죠. 그 중간을 잘 찾는다면 저는 권단우 씨가 포텐이 있을 거 같다는 생각이에요."

"그런가. 아! 그러네! 얼굴도 잘생겼는데 연기도 잘하면 대박이 겠구나."

태진은 자신의 할 말을 대신해 준 수잔을 보며 가볍게 웃으며 말을 이었다.

"스미스 팀장님한테 얘기해서 같이 추천하는 식으로 해 볼까 하거든요."

수잔의 미간이 살짝 찡그려졌다.

"저 때문에 그러세요? 괜히 고생해서 남한테 넘겨줄 필요 없어요. 전 이미 지원 팀에 와 있는데."

"약속한 거니까요. 그리고 그냥 넘겨준다는 게 아니라 같이하는 형식으로 하면 될 거 같아서요."

"그렇게 하실 필요가 있을까요?"

"아군도 좀 있어야 될 거 같아서요."

그때, 무대에 익숙한 얼굴들이 올라오기 시작했다. 바로 조각가들 단원들이었다. 태진은 객석에 있었고, 그들은 백스테이지를 통해서 올라왔기에 도착했는지도 몰랐다.

"저도 권단우 연기 좀 집중해서 봐야겠네요. 어! 어! 쟤들 왜 저래. 팀장님 보고 인사하는데요? 뭐야, 어색하게 90도로 인사하고 그러네."

태진도 약간 당황했다. 이렇게까지 자신에게 예를 표하는 사람들이 아니었다. 그런데 지금은 단체로 인사를 하고 있었다.

"아, 알겠다. 팀장님이 더 유명해지니까 이제야 어떤 사람이라는 걸 안 거죠!"

"그런가."

"속물들처럼. 아이고, 참. 애쓴다 애써."

그와 동시에 태진의 눈에 단우의 모습이 눈에 들어왔다. 얼마 전 연습 때까지만 하더라도 자신의 잦은 지적 덕분에 단원들과 조금은 가까워진 모습을 보였는데 지금은 예전으로 돌아간 듯한 모습이었다. 또다시 혼자 겉도는 그런 느낌이었다. 태진은 의아해하며 단우를 관찰했다.

아니나 다를까 조각가들의 분위기는 태진이 느낀 대로였다. 연기 자체는 태진이 가르쳐 준 대로 하고 있었지만, 전혀 상대방을 배려하지 않고 자신의 연기만을 하고 있었다. 단우는 그럼에도 어떻게든 끌고 나가기 위해 애를 쓰다 보니 자신의 연기가 무너지는 중이었다.

"스흡, 권단우 저 양반 왜 저러지? 무슨 일 있나?"
"제가 보기에도 많이 초조한 느낌인데요? 왜 저래?"

국현과 수잔도 느낀 모양이었다. 가만히 보고 있던 태진은 옆에 놓아 둔 마이크를 집어 들었다.

"그만. 그대들은 그딴 걸 누구 보라고 하는 거지?"

옆에 있던 국현과 수잔이 깜짝 놀라며 자세를 고쳐 앉을 정도로 태진의 말투는 차갑게 들렸다. 그리고 앞쪽에 있던 플레이스 관계자들도 놀라며 태진을 쳐다봤다. 그럼에도 태진은 아랑곳하지 않고 말을 이었다.

"그렇게 호흡 안 맞출 거면 아예 다 따로 해. 뭐 하러 같이 하지? 어이, 그대. 그대는 극장이라서 긴장한 건가? 그렇게 지적을 했으면 나아질 만도 한데 어떻게 그러지? 지금 기준인 그대가 흔들리니까 다 흔들리잖아. 그대만 이리로 올라와."

그동안 단우에게 이런 지적을 하면 단원들 중 누군가는 단우의 등이라도 두드려 줬는데 지금은 그저 단우를 지켜보기만 하고 있었다. 이 정도면 단우와 단원들 사이에 문제가 있는 것이 확실했다.

단우는 굳은 얼굴로 터벅터벅 걸음을 옮겨 태진에게 도착했다. 수잔은 눈치껏 자리를 옆으로 옮겨 단우의 자리를 마련했고 태진은 단우에게 앉으라는 듯 고갯짓으로 의자를 가리켰다. 단우가 긴장하며 자리에 앉았을 때, 태진의 입이 열렸다. 그 순간 단우는 태진의 행동과 목소리의 괴리감에 적잖이 당황했다. 행동은 분명 과격한 느낌인데 말투는 평소 알던 태진의 목소리였다.

"그냥 혼나는 것처럼 있어요."
"네……? 아, 네."

태진은 괜히 들고 있던 자료를 돌돌 말아 앞에 의자를 치며 말했다.

"무슨 일 있는 거예요? 단원들하고 사이가 또 안 좋게 보이는데요?"
"아! 아니에요."

"다 보여서 그래요. 단우 씨만 또 따돌림당하는 것처럼 보여요. 뭘 알아야 제가 해결해 줄 수 있을 거 같아서요."

"진짜 없어요."

"얘기해 주세요. 솔직하게 궁금한 거보다 그 문제를 해결해야지 제대로 된 연극을 보여 줄 수 있을 거 같아서 그래요. 지금 이대로라면 조각가들이 꼴찌예요."

"아……."

단우는 무대 위에 있는 단원들을 힐끔 쳐다봤고, 태진도 단우를 따라 무대를 봤다. 그런데 단원들 모두가 뭔가 긴장한 듯한 느낌이었다. 뭐가 문제인 걸까 하며 쳐다볼 때, 국현이 갑자기 자리에서 일어나더니 갑자기 단우에게 손가락질을 했다.

"놀라지 마세요! 저도 팀장님 따라 하는 거니까!"

"네? 아, 네."

"지금 보니까 저기 저 양반들 표정이 뭐 꼰지르나 안 꼰지르나 초조해하는 거 같은데요? 맞죠? 딱 학교 다닐 때 좀 노는 새끼들이 지네들이 괴롭히는 애들이 선생님한테 이르나 쳐다보는 그럼 느낌인데. 제 발 저린 표정들!"

태진은 국현에게 자리에 앉으라는 듯 종이를 흔들었고, 국현은 그에 맞춰 고개를 꾸벅 숙이며 자리에 앉았다. 아마 대화가 들리지 않는 무대에서라면 무슨 심각한 문제가 오가고 있는 것처럼 보일 것이었다. 그래서 그런지 연습은커녕 모두가 이곳을 지켜보는 중이었다.

"국현 씨 말이 맞아요?"
"괴롭힌 건 아니에요."
"그럼 뭐가 있긴 있다는 거네요."
"그게……."

단우는 말을 할까 말까 한참을 고민하더니 결국 입을 열기 시작했다.

"티저 영상 때문에 그래요……."
"그게 왜요? 다른 팀도 다 찍잖아요."
"네. 그런데 아까 제안하신 분이… 저 위주로 찍자고 하셔서요."
"주연이니까 당연하죠."
"그게… 절 내세워서 홍보를 하자고 하더라고요. 전 솔직하게 얼굴이 안 나왔으면 하거든요……."

그때, 국현이 굉장히 부드러운 말투로 대화에 끼어들었다.

"아! 긴장되시는구나! 배우로서 화면에 나오는 건 당연한 거잖아요. 비록 지금은 연극이지만 언제가 됐든 화면에 나올 텐데 지금 미리 연습하는 거라고 생각하세요. 그리고 단우 씨 기다리는 팬들도 엄청 많을 텐데. 그런 사람들한테 소식도 전할 수 있는 좋은 기회라고……."

태진은 손을 내밀어 국현의 말을 끊었다. 오래는 아니지만 그 동안 봐 온 단우는 굉장히 똑똑했다. 그렇기에 자신에게 도움되는 일이라는 건 알 것이었다. 태진도 단우가 왜 그 제안을 거절한 건지 어렴풋이 알 것 같았다.

"기존의 인기 말고 연기로만 보여 주고 싶어서 그래요?"

단우는 태진의 말이 맞는다는 듯 고개를 끄덕였다. 그러고는 국현을 힐끔 보더니 말했다.

"네… 맞아요. 사실 저기 선생님이 말씀하신 것처럼……."
"저 선생님 아니에요. 그냥 김 에이전트, 아니면 김 씨 이렇게 부르셔도 됩니다! 하하, 편안하게 말씀하세요."

단우를 MfB에서 캐스팅해야 돼서인지 챙겨 주려고 하는 것이 느껴졌다. 그런 국현의 말투 때문인지 단우도 조금은 편안해진 표정으로 입을 열었다.

"저도 제 이름이 갖는 힘을 알아요. 영화나 드라마만 하더라도 누구 주연, 누구 출연 이런 식으로 홍보하고 그러면 사람들이 더 관심을 갖잖아요. 기대를 하고요."
"그렇죠."

"저도 아는데 이번만큼은 그러고 싶지가 않았어요. 지금의 팬들은 제 연기가 아닌 외모로 생긴 팬들이기도 하고요. 뭘 해도 객관적으로 봐주지 않을 것 같거든요."

"객관적으로 연기를 평가받고 싶은데 그렇지 못할 거 같다는 말이네요?"

단우의 얘기를 듣던 태진은 속으로 헛웃음을 뱉었다. 단우의 말이 이상해서가 아니라 어떤 결정이 옳은지 바로 결정을 내리지 못하는 자신 때문이었다. 예전 같았으면 단우의 말에 적극 동의했을 테지만, 회사 입장으로 보면 단우를 내세워 홍보하는 것이 맞았다. 그리고 단우에게도 오히려 도움이 될 일이었다.

"혹시 연기에 자신이 없어요?"

"아니요. 자신 있어요."

단우는 이번 질문만큼은 확실하게 대답했다.

"정말 열심히 연습했거든요. 그래서 홍보를 통한 승리가 아닌 배우로서 연기를 통해 승리를 하고 싶거든요."

잘하겠다는 다짐을 하는 것 같은 말투에 태진은 고개를 끄덕거렸다. 하지만 너무 연기에 대해서만 생각을 해서인지 그동안 봐 온 단우와 조금은 다르게 느껴졌다. 예전이라면 주변 상황을 전부 보고 파악하려고 했을 텐데 지금은 연기에만 집중해서인지

시야가 좁아진 것처럼 보였다.

"그렇게 생각하는 건 좋은데 음, 지금 공개를 안 하더라도 어차피 시작되면 저절로 알려질 거예요. 그럴 수밖에 없는 거 알죠? 지금 참가하는 극단들 멤버 중에 단우 씨가 가장 잘 알려진 사람이니까."

"아⋯⋯."

"그럼 홍보를 안 하더라도 관심을 갖는 건 당연하겠죠?"

"그러네요⋯⋯."

"아예 대놓고 홍보를 하는 것보다는 아니겠지만, 그건 어쩔 수 없는 거예요. 저처럼 가면을 쓰고 등장할 수도 없는 거잖아요. 시작이야 같은 선상에서 할 수는 있겠지만⋯⋯."

단우는 거기까지 생각을 못 했는지 난감하다는 듯 이마를 쓰다듬었다.

"단원들하고는 그래서 사이가 안 좋은 거예요?"

"네. 저는 같은 조건으로 다른 극단하고 붙고 싶은데 형, 누나들은 아닌가 봐요."

"그건 좀 그렇네."

"제가 생각이 짧아서 그랬네요."

"아니, 단우 씨 말고요. 단우 씨 없었으면 홍보할 것도 없었을 사람들이 안 한다고 했다고 저렇게 사람을 따돌려요?"

"따돌리는 게 아니라 섭섭해서 그런 거예요."

그때, 수잔이 약간 화가 난 표정으로 대화에 끼어들었다.

"단우 씨, 저거 따돌리는 거예요. 사실 단우 씨도 알잖아요. 저 사람들이 단우 씨 어떻게 생각할지 너무 신경 쓰지 않아도 돼요. 그냥 지금 팀으로 만났다가 다시 헤어질 사람들인데 뭘 그렇게 저 사람들 반응에 신경 써요. 인생 독고다이예요!"

외롭게 자란 단우의 성장 환경을 알고 있던 수잔은 단우가 사람과 가까워지기 위해서 피해를 감수한다고 생각하는지 화를 냈다. 하지만 말이 쉽지 단우를 설득하기에는 부족한 말이었다. 사람들과 가까워지려고 멍청해 보이는 연기까지 할 정도로 외로움을 느끼던 친구였다. 비록 처음에는 일부러 거리를 두려고 했지만, 이제는 어느 정도 가까워진 만큼 지금의 관계가 단우에게는 중요할 것이었다. 태진은 그만하라는 의미로 수잔을 보며 고개를 저었고, 수잔은 안타까워하며 물러섰다.

태진은 단우와 극단의 관계를 유지하면서 해결할 방법을 생각했다. 대놓고 단원들에게 한 소리를 할 수도 있겠지만, 그럼 단우와의 관계는 더욱 멀어질 것이었다. 단원들의 기분이 상하지 않게 하면서 단우와 관계까지 돌려놓으려다 보니 좀처럼 좋은 방법이 떠오르지 않았다. 그때, 이쪽을 쳐다보는 사람들이 보였다. 바로 플레이스의 콘텐츠 기획부장과 그 일행들이었다. 단우에게 그런 제안을 했던 사람들일 것이다. 그래서인지 이쪽에서 무슨 대화를 하는지 듣고 싶어서 관찰하고 있는 것으로 보였다. 그 사람들을 보던 태진은 코웃음을 뱉고는 양쪽에 있는 세 사람을 쳐다봤다.

단우는 아무것도 모르는 표정으로 태진을 마주 봤지만, 수잔과 국현은 소리까지 내서 웃는 태진을 보며 말했다.

"뭐 하시려고요?"
"불안하게 콧방귀 끼지 말고 미리 말씀 좀 해 주세요."

태진은 가면을 고쳐 쓰며 입을 열었다.

"원인을 제공한 사람들이 문제를 해결하는 게 좋을 거 같아서요."

말을 끝낸 태진은 쫙 벌리고 있던 다리를 모으더니 자리에서 벌떡 일어났다. 그리고 한 손에는 마이크를 들고 다른 한 손으로는 돌돌 만 종이를 쥔 채 앞으로 쭉 내밀어 플레이스 관계자들을 향해 가리켰다.

"그대들 전부 싹 나가!"

저 사람들에게까지 나가라고 할 줄은 몰랐는지 수잔과 국현은 입을 쫙 벌린 채 의자 밑으로 고개를 숙여 버렸고, 단우는 그저 눈만 껌뻑거리며 이 상황을 지켜봤다.

플레이스 관계자 무리들은 자신들보고 하는 말이라곤 생각하지 못했는지 무대와 태진을 번갈아 쳐다봤다. 그런 사람들에게 태진이 다시 돌돌 만 종이를 휘둘렀다. 그러면서 마이크로 말하지 않아도 들릴 정도의 거리임에도 꼭 마이크를 통해 말을 했다.

"그대들 맞으니까 다 나가."
"저희 말씀이십니까?"

태진은 귀찮다는 듯 종이를 위아래로 흔들어 대답을 대신했다. 그러자 모두가 어이가 없다는 듯 코웃음을 치며 태진을 쳐다봤다. 태진의 정체를 알고 있기도 하고 자신들이 이번 프로젝트의 담당이다 보니 물러설 기세가 아니었다. 딱 태진이 원하는 상황이었다. 그래서인지 싸움이라도 하려는 듯 마이크에 대고 크게 말했다.

"나가라고."

그러자 이제는 플레이스 측이 화가 난다는 표정으로 태진에게 올라오려 했다. 그때, 기획부장이 직원들을 제지하더니 물었다.

"저희가 실수라도 했나요?"

드디어 태진이 원하는 질문이 나왔고, 태진은 팔짱을 낀 채 들고 있던 종이를 까닥거렸다.

"그대들이 지금 무슨 짓을 하고 있는지 몰라서 묻는 건가?"

"죄송한데 저희가 무슨 실수를 했는지 모르겠네요. 무슨 실수를 했는지 말씀해 주실 수 있을까요?"

기획부장은 안경을 위로 살짝 들어 올리고, 단발머리를 귀 뒤로 넘기며 여유를 보인 반면 태진은 너무 정중한 말투에 세게 나가도 괜찮은 걸까 걱정이 됐다. 하지만 이미 시작을 했기에 멈추기도 어려웠다. 무대에 있는 단원들의 시선이 전부 이곳에 쏠려 있는 상태였다.

"여기 권단우를 이용해서 홍보를 하면 다른 극단들은? 형평성에 안 맞는 거 아닌가?"

"아, 그것 때문에 그러시군요."

"아니면 조각가들이 다른 극단에 비해서 부족해 보인다고 생각해서 그런 건가?"

"그건 아니죠."

"그렇다면 그저 돈벌이로 생각하는 거군. 이 친구들 이용할 생각 말고 가만히 내버려 둬. 내가 유일하게 마음에 들어 하는 극단이니까 흔들 생각 하지 말라고. 괜히 흔들어서 내 마음에 안 들면 나 가만 안 있어."

무대에 있는 단원들은 스피커를 통해 들리는 태진의 말에 코를 훔치며 좋아하는 모습을 보였다. 하지만 말을 뱉은 당사자인 태진은 자신이 너무 나간 것 같은 기분에 약간 걱정이 됐다. 기획부장이 기분 나빠할 수도 있는 상황이었다. 일단 빨리 상황을 끝내고 밖에서 설명을 할 생각을 할 때, 기획부장이 태진을 보며 씨익 웃었다. 그러고는 알아차렸다는 듯 윙크를 하더니 고개를 꾸벅 숙였다.

"아, 저희 생각이 짧았네요. 죄송합니다."

무대 위 단원들은 기획부장의 뒷모습을 보며 혀를 찼다. 분란을 일으킨 건 자신들이었으면서 기획부장에게 원인을 돌리는 모습이었다. 그리고 태진은 기획부장을 보며 침을 삼켰다.

'곽이정 같은 사람이 왜 이렇게 많아⋯⋯.'

*　　　　*　　　　*

조각가들 단원이 극장의 연습을 마치고 돌아간 뒤에도 태진은 끝까지 자리를 지켰다. 플레이스 기획부장과 해결할 것이 남아 있었기 때문이었다. 사실 중간에라도 따로 부를 줄 알았는데 기획부장은 모두가 돌아갈 때까지 묻지 않았다.

"스흡, 너무 태연하니까 이상하게 내가 쫄리네. 기획부장이 전부 아는 것 같다고 그러셨죠?"
"네, 아까 윙크도 하더라고요."

"마음이 넓은 건지 딴생각이 있는 건지 어쩌면 저렇게 내색을 안 하지."

어느덧 극장 관계자들까지 철수했고, 무대에 남은 사람은 선우철거의 김 반장 부부뿐이었다. 무대 배경의 동선을 계획하느라 이쪽에는 관심도 두지 않아서인지 기획부장이 그제야 자리에서 일어났다. 그러고는 상당히 침착한 표정을 지은 채 다가왔고, 태진도 가면맨이 아닌 원래 자신으로 맞이해야 된다는 생각에 가면을 벗으며 자리에서 일어났다. 그때, 앞에 도착한 기획부장이 웃으며 자리에 앉으라는 듯 손짓했다.

"커피라도 마시면서 얘기하면 좋을 텐데 보안 유지 때문에 참아야겠죠?"
"아, 네."

한 칸을 사이에 두고 자리에 앉은 기획부장은 태진을 보며 또다시 웃었다.

"얘기는 듣긴 했는데 설마 직접 당할 줄은 몰랐네요."
"먼저 설명 드리고 했어야 했는데 갑자기 그래서 죄송해요."
"아니에요. 재미있었어요."
"당황하셨죠?"
"당황은 했는데 이유가 있을 거 같아서 맞춰 드린 거죠. 저 제대로 한 거 맞죠?"

"아, 네. 맞습니다."

기획부장은 단발머리를 귀 뒤로 넘기며 재미있다는 듯 웃으며
말했다.

"한태진 팀장님을 못 봤으면 모를까 저번에 봤을 때는 굉장히
예의 바른 분이라서 그렇게 하는 데는 이유가 있다고 생각했죠.
그런데 진짜 혼나는 거 같아서 살짝 주눅 들기도 했어요. 그래
서 그렇게 하신 이유를 좀 들을 수 있을까요?"

플레이스가 주측이 되다 보니 알아야 하는 일이었다. 태진은
단우에게 들었던 내용을 그대로 설명했고, 얘기를 다 들은 기획
부장은 아쉬워하는 표정이었다. 그 아쉬워하는 표정에 태진은
단우의 편에 서 입을 열었다.

"시작이 되면 어쩔 수 없이 공개가 되겠지만, 그 전까지는 단
우 씨의 인기로 관심을 받는 건 꺼려 해요. 그만큼 연기에 자신
있어 하고요."
"네, 그래요. 그런데 좀 그렇네요."
"이번이 첫 작품인 데다가 그만큼 열심히 해서 노력이 미화될
까 봐 그러는 겁니다."
"그게 아니라, 제가 아쉬운 부분은 그런 걸 우리한테 말하면
될 텐데 그걸 혼자 담아 두고 가는 부분이에요. 우리는 단지 제
안을 한 거고 거절을 해도 누구 하나 뭐라 할 사람이 없는데. 하

긴 배우 입장에서는 투자자가 하는 제안을 거절하는 게 쉽지 않
겠지. 그래도 우린 강제적으로 할 생각은 없었는데."

기획부장은 마치 혼자 대화를 하는 것처럼 계속 중얼거렸다.
그래도 이런 반응이라면 단우의 선택을 존중해 줄 것 같았다.
역시 배우들이 많은 플레이스답다는 생각을 할 때, 기획부장이
입을 열었다.

"그런데 권단우 씨도 조금 그렇네요. 좀 이기적인데요?"
"단우 씨 인기 많죠. TV에 잠깐 등장했는데 팬카페까지 생길
정도인데요."
"알죠. 그래도 팬덤이 그렇게 크다고 볼 순 없죠. 그래도 조
금이라도 관객을 좀 끌어 모아 볼까 했는데 본인이 싫다면 어쩔
수 없죠."
"그래도 연극들이 시작하고 난 뒤부터는 홍보하셔도 될 것 같
습니다."
"한 팀장님도 아시겠지만 시작이 중요하죠."

말은 아쉬워하는 거 같은데 표정은 그렇지 않아 보였다. 그런
기획부장이 태진을 가만히 보더니 갑자기 말을 돌렸다.

"다음 프로젝트 때도 합류하신다면서요?"
"아직 결정을 못 내렸습니다."
"아, 그렇군요."

"그래도 이번 프로젝트는 끝가지 함께하시잖아요."

"네, 그건 당연하죠."

"가면맨으로요?"

"가면맨은 연극이 시작되면 그만할 생각입니다. 시작하고 나면 연기를 수정할 시간도 없을 것 같아서요."

"아! 아쉽네요. 그럼 우리도 서둘러야겠네요."

뭘 서두른다는 건지 의아했다. 그때, 기획부장이 직원에게 뭔가를 달라는 듯 손짓하자 직원이 태블릿 PC를 건네주었다. 그러자 기획부장이 영상 하나를 재생한 뒤 가운데 비워 둔 의자에 태블릿 PC를 내려놓았다.

"이게 뭐예요?"

"한번 봐 보세요."

티저 영상을 촬영하면서 아까의 장면까지 찍힌 모양이었다. 영상에서는 가면을 쓴 태진이 플레이스 기획 팀에게 소리를 치고 있었다. 영상을 보자 태진은 머리가 복잡해지기 시작했다. 이 영상을 왜 보여 주는 건지 의도를 파악할 수가 없었다. 뭔가 기획부장에게 말려드는 기분에 국현과 수잔을 힐끔 쳐다봤지만, 두 사람도 의도를 파악하지 못한 모양이었다. 그러는 사이 기획부장이 사과를 하는 모습으로 영상이 끝났다. 그러자 기획부장이 웃으며 말했다.

"권단우를 이용해서 홍보하지도 못하고 그러다 보니까 동의를 좀 구할까 하는데요."

"어떤 동의를 말씀하시는지."

"이걸 좀 우리가 사용했으면 하거든요. 우리도 홍보를 좀 해야 하는데 도움 좀 주세요. 허락해 주시는 거죠?"

도와 달라는 말로 숙이고 들어오고 있었지만, 태진은 너무나 의심이 가는 상황에 견제를 하며 기획부장을 쳐다봤다. 아무 생각 없이 대답을 하면 어떤 결과를 감당해야 하는지 그동안 겪어 봤기에 조심스러울 수밖에 없었다. 가면맨을 이용한 홍보라는 건 알겠는데 자기들이 사과를 하는 모습을 어떤 식으로 사용한다는 건지 감이 잡히지 않았다. 곽이정도 아닌 다른 사람에게 말릴 거라고는 생각하지 못했는데 이런 상황이 오자 머리가 더 안 돌아갔다. 태진은 침착하기 위해 애썼다.

'곽이정이라면 어떻게 했을까……'

도무기 기획부장의 생각을 알 수가 없다 보니 곽이정이라면 이럴 때 어떻게 했을까 생각했다. 그 순간, 얼마 전 곽이정이 보여 주었던 모습이 떠올랐다. 자신이 몰랐다는 걸 인정하면서도 무언가 다른 수작이 있다는 듯 찜찜하게 만들었던 모습이었다. 그와 동시에 태진은 마음에 여유가 생겼다.

"이 영상으로 어떻게 홍보하시겠다는 건가요? 가면맨으로 홍보하시겠다는 말씀이신가요?"

"그렇죠. 이창진 실장님이 그렇게 칭찬하시던데 역시 아시네요."

말이 좋아 칭찬이지 실제로는 그렇지 않았을 것이다. 태진은 더 이상 말을 뱉지 않고 기다렸다.

"이 영상으로 더 많은 관심을 불러일으킬 수 있죠. 플레이스 관계자도 어쩌지 못하는 가면맨! 내 연극을 망치면 가만 안 돼! 이런 식이죠."

"사과하는 영상으로요?"

"사과하는 게 대수예요? 한 팀장도 아시겠지만, 뒤에서 일하려면 자존심 같은 건 필요 없어요. 이번 프로젝트 성공시킬 수 있으면 백번이라도 사과하죠. 오히려 제 사과로 가면맨의 위상을 올리는 데 일조했다는 게 기쁘죠."

그러고 보니 예전에 곽이정도 비슷했다. 라이브 액팅 초반에 채이주가 최정만을 뽑았을 때, 홍보를 위해 자신이 자처하고 욕을 먹는 상황을 만들었었다. 일반 사람들이 봤다면 자신을 희생하면서까지 프로젝트를 성공시킨다고 칭찬할 수도 있었지만, 태진은 더욱 조심스러워질 수밖에 없었다. 그리고 뭔가를 알아냈는지 피식 웃었다.

'곽이정한테 배운 게 많네……'

태진은 기운이라도 받으려는 듯 옆에 놓아 둔 가면을 쓰다듬었다. 그러고는 최대한 차가운 느낌을 받았던 배우를 떠올린 뒤 입을 열었다.

"그럼 제가 너무 손해인데요."

"네?"

"프로젝트가 성공하면 플레이스가 기획하고 투자해서 만들었다는 얘기가 나올 테죠. 가면맨까지 섭외를 해서 이런 그림을 만들었다는 내용도 들어갈 거고요. 하지만 반응이 별로라면 플레이스에서 어떻게 나올지 모르겠군요. 연극이 좋은 방향으로 나갈 수 있는데도 가면맨의 고집과 독단으로 결과가 아쉬웠다, 이런 내용일 수도 있잖습니까. 물론 제가 다음 프로젝트까지 함께한다면 그런 일은 없겠지만, 아직 저는 대답을 하지 않은 상태고요."

기획부장의 표정을 보자 역시라는 생각이 들었다. 차분해 보이는 미소는 온데간데없고 뭔가를 들킨 듯한 표정이었다.

"거기서 또 저한테 2차를 함께한다면 내 탓을 하는 일은 없을 거라면서 딜을 할 수도 있겠죠. 연극이 실패하더라도 플레이스라면 가면맨 띄우는 일은 쉬우니까. 지금처럼 배우분들이 한마디 하면 끝이잖아요."

"그런 건 아니에요."

태진은 말을 하면서도 가슴이 벌렁거렸다. 마치 자신이 영화 속 주인공이 되어 악역의 의도를 파악하는 장면을 만든 것 같았다. 그러다 보니 자신도 모르는 새 더욱 몰입을 하게 되었다.

"어허허허. 그래요. 아닐 수도 있죠. 그리고 그럴 수도 있고요."

"진짜 아니에요."

"그래요. 뭐 사용하는 건 허락하죠. 대신 우리도 조건이 있습니다."

"조건이요?"

"이 프로젝트 기획을 우리가 한 건 아시죠. 그리고 기획 비용 대신 MfB에서 플레이스와 같은 선상에서 배우를 캐스팅하기로 한 것도 아시죠?"

"네… 알죠."

"그걸 우리가 1순위로 선택하게 해 주십쇼."

"네?"

태진의 말이 끝남과 동시에 플레이스 직원들의 입에서 헛웃음이 나왔다.

"오해하시는 거 같은데 정말 그럴 의도가 아닌데요?"

"방금 제가 건 조건이면 마음대로 사용하셔도 됩니다. 실패하더라도 제가 다 감내하겠습니다."

실패하더라도 어차피 가면을 계속 쓰고 다닐 생각이 없었다. 게다가 관심이 줄어들다 보면 라액 최 PD도 자신을 부를 일이 없을 것 같았다. 게다가 실패를 하면 안 본 사람이 그만큼 많다는 것이니 그만큼 욕도 별로 없을 것 같았다. 오히려 성공했을 때 받는 시기 어린 질투로 인한 욕이 더 많을 듯했다.

태진은 표정 없이 기획부장을 바라봤다. 그러자 기획부장은 굳은 얼굴로 한숨을 뱉으며 말했다.

"왜 이런 오해가 생겼는지 모르겠지만… 당장 대답은 드리기 힘들 것 같네요. 곧 연락드릴게요."

이 말을 끝으로 기획부장은 자리에서 일어났고, 태진은 넘어가지 않았다는 기쁨에 주먹을 불끈 쥐었다. 그 모습을 보던 국현이 재빨리 태진의 옆에 앉았다.

"와, 난 저 여자가 엄청 착하구나 그런 생각했는데! 팀장님 말 듣고 나니까 그런 거 같더라고요! 진짜 완전 소름! 그냥 속을 뻔했네."

국현의 말에 태진은 어깨를 으쓱거리며 입술을 씰룩거렸다.

*　　　　　*　　　　　*

회사로 돌아온 기획부장 권은희는 굳은 표정으로 어디론가 전화를 걸었다.

"실장님! 한태진 그 사람 뭐예요?"

—네?

"한태진 그 이상한 사람 뭐냐고요."

—한태진 팀장하고 무슨 일 있었어요……? 어, 이상하네. 한 팀장도 예의 바른 사람이라 우리 천사 부장님하고 잘 어울릴 줄 알았는데.

"그냥 또라이예요!"

—무슨 일인지 천천히 얘기해 보세요.

권은희는 태진과 있었던 일을 자세히 설명했다. 한참을 지나서 설명을 끝내고는 억울하다는 말투로 말을 이었다.

"난 우리가 피해를 보더라도 이번 프로젝트 성공시킬 생각이었는데 그걸 어떻게 그런 식으로 받아들이는지 이해할 수가 없어요."

—어? 요즘 좀 이상하네. 곽이정이한테 물들었나. 아무튼 오해를 한 모양인데요? 제가 나서 볼까요?

"그런 사람 처음 봤어요. 무슨 소설을 쓰고 있어!"

—그런데 누굴 데려가려고 그런 억지를 쓸까.

"뭐 권단우겠죠! 권단우 조각가들한테 소개해 준 것도 한태진 그 사람이더만!"

─그럼 상관없잖아요? 어차피 우리랑 MfB랑 같이 제안하면 아무래도 비슷한 조건일 테고 그럼 자기랑 친한 한태진이 있는 MfB로 갈 거 같은데요.

"그러면 상관없는데 그 사람이 또 무슨 말을 할지 어떻게 알아요!"

─한 팀장이 어떻게 했길래 그러실까. 우리 부장님 이렇게 화낼 분이 아닌데. 그러고 보니까 그 인간 말고 우리 천사 부장님 화내게 만드는 사람 처음이네.

"그 사람 얘기는 왜 하세요! 그리고 화가 나는 게 아니라 억울해서 그래요!"

권은희는 책상을 치는 시늉까지 하며 억울해했다.

*   *   *

다음 날. 태진은 극장에 자리한 채 인터넷에 올라온 기사를 보는 중이었다.

"스흡, 듣던 대로 대단하네. 작정하고 기사를 내보내니까 장난 아닌데요?"

"팀장님, 윤미숙 배우님 인터뷰한 기사에도 가면맨 얘기 있어요."

플레이스에서 태진이 했던 제안을 수락한다는 대답을 들었고, 태진도 그 영상을 써도 된다며 수락했다. 하지만 지금 올라온 기사는 그 영상에 대한 내용이 아니었다. 영상을 올리기 전 분위기를 끌어올리기 위해 소속 배우들을 통해 가면맨을 다시 한번 언급하고 있는 중이었다. 기사가 쏟아지다 보니 사람들도 가면맨에 대한 관심을 쏟아냈다.

—가면맨 누구임?
—준벅 TV에서 분석한 영상 있습니다! 보러 오세요.
—넵 다음 광고.
—다리 쫙 벌리고 누워 있는 거 킹받네 ㅋㅋ
—죄다 플레이스 소속이던데 가면맨도 플레이스 아님? 결국 자기네 회사 식구 칭찬하는 거?
—플레이스 소속 아니라고 했음. 소속 없는 듯.
—시간제임? ㅋㅋㅋ

자신에 대해서 알고 있는 사람이 나올 법도 한데 아직까지는 그런 글이 없었다. 전부 누구인지 감을 잡지 못한 채 태진이 흉내 내었던 배우 중 한 명이라고 추측할 뿐이었다. 전부 가면맨에 대해 관심을 가지게 만든 상태에서 어제의 영상까지 올라온다면 효과가 배가될 것이었다. 감탄을 하던 태진은 국현을 보며 물었다.

"플레이스가 이런 일을 잘해요?"
"지금 보니까 잘하는데요?"
"네?"

"네?"

다시 되묻는 말에 태진은 어이없는 말투로 말했다.

"아까 듣던 대로 잘한다고 그러셨잖아요."
"아! 그거요!"

국현은 특유의 숨을 들이마시는 소리와 함께 말을 이었다.

"스흡, 제가 어제 좀 알아봤거든요. 권은희 기획부장이요."
"아!"
"플레이스에서 진행했던 일들은 대부분 기획부에서 나오니까 플레이스하고 일했던 분들한테 연락했어요. 알고 보니까 홍보도 담당하고 아주 플레이스 살림꾼이시더라고요. 그런데 하나같이 하는 소리가 일 잘하고 배려도 잘한다고 그러더라고요. 별명이 천사라고 하던데요? 그런데 어제 팀장님 말 들어 보면 또 아닌 거 같고."
"그래요……?"

태진은 살짝 불안했다. 자신이 확실치 않은 짐작으로 실수를 했을 수도 있다는 생각이 들었다.

"네, 그렇다고 하더라고요. 그런데 제가 생각하기에는 좀 말이 안 되는 거 같더라고요. 기획부장이면 회사에서 높은 위치잖아요. 낙하산이 아닌 이상 밑에서부터 올라왔을 건데 착하다는 게 말이 안 되죠. 남들 굴리고 손해 안 보고 그래야 되는 자리인데 착할 수가 없잖아요."

그 말에도 안도가 되지 않았다. 이미 시작된 의심으로 인해 자신이 실수를 했을 수도 있다는 생각이 들었다. 그리고 국현은 그런 태진을 힐끔 보며 말했다.

"그래서 이것저것 캐물으면서 알아봤더니 권은희 기획부장이 먼저 배려를 해 주니까 상대방도 그 배려에 고마워서 기획부장 의견에 맞춰서 한다고 하더라고요. 그래서 한번 같이 일한 곳들은 대부분 다시 하고 싶어 한다고 하던데요. 그래서 플레이스에서도 기획부장에 앉힌 거겠죠."
"아……."
"그래도 직접 겪어 보진 않았으니까 아닐 수도 있죠! 사람 속을 누가 알아요. 팀장님 말씀이 맞을 수도 있다고 생각합니다!"

정보통인 국현이라면 제대로 알아왔을 것이었다. 지금 하는 말은 자신을 배려해서 하는 말이지만, 태진이 바보도 아니고 자신이 실수했다는 것을 느끼고 있었다. 그때, 수잔이 입을 열었다.

"기획부장한테는 팀장님이 곽이정처럼 느껴졌겠는데요?"
"에이! 무슨 말을 그렇게 심하게 해요. 팀장님이 무슨 곽이정이에요."

"그럴 수 있죠."

태진은 순간 의자에 몸을 기댔다. 곽이정을 대입해서 말하자 어떤 짓을 한 건지 알 수 있었다. 아직 확신할 순 없었지만, 자신이 사람을 너무 성급히 판단한 느낌이었다. 그렇다고 확실하지도 않은 상황에서 먼저 사과를 하기에도 애매한 상황이었다. 때린 놈은 다릴 못 뻗고 잔다는 속담이 생각나는 상황이었다.

그때, 일찍 나와 있던 선우철거 김 반장이 다음 극단을 위해 무대를 설치하는 것이 보였다. 그 모습을 보던 국현이 신기하다는 듯 말했다.

"저걸 둘이 설치하네. 둘이 가능한가? 어? 배경 판에 레일 달아 놨네?"

권은희 때문에 머리가 복잡해진 태진도 무대를 쳐다봤다. 그러자 김 반장이 아내와 함께 커다란 배경을 밀고 있는 것이 보였다.

"오, 머리 썼는데요? 레일이 없는 극장이라서 아예 배경에 바퀴 달아서 움직이네. 저렇게 하면 둘이 가능하지. 김 반장님 일 잘하셔."

국현은 언제 또 김 반장과 친해졌는지 자리에서 일어나 크게 외쳤다.

"김 반장님! 도와 드릴까요?"

거리가 멀어서 제대로 못 들었는지 김 반장이 갑자기 객석으로 올라오기 시작했다. 그 모습에 수잔이 국현을 타박했다.

"왜 일 잘하시고 계신 분한테 훼방 놔요!"
"아니… 안 올라오셔도 되는데!"

김 반장은 성큼성큼 올라오더니 국현을 보며 말했다.

"뭐라고 하셨어요?"
"아! 도와 드릴 거 있냐고 물어본 건데 죄송해요!"
"아, 아닙니다. 괜찮습니다! 둘이서도 충분해요."
"정말 죄송합니다! 오신 김에 음료수라도! 하하."
"괜찮아요. 어차피 뒤에 가서 확인도 해야 하던 참이라서요."
"그럼 제가 타이밍 좋게 말 시킨 거네요?"
"하하하. 조금 빠르긴 했지만 그렇다고 하죠. 하하하."

어떻게 저렇게 사람하고 금방 친해지는지 신기할 따름이었다.

"그런데 정말 대단하세요. 저 큰 배경 판에 바퀴 달 생각은 어떻게 하셨어요?"

"아! 그거요! 여기 오시는 부장님이 그렇게 하는 게 어떨 거 같냐고 하셔서요."

"권은희 기획부장이요?"

"네, 네. 그분이요. 자꾸 와서 연습할 시간에 무대 제작하는 게 마음에 쓰였나 봐요. 맨날 전화해서 잘돼 가고 있냐고 물어봤었거든요."

"지금 다들 잘하니까 그런가 본데요?"

"아니에요. 처음부터 그랬어요. 저한테 미리 구상하게 극장 마음대로 출입할 수 있게 해 주셨는데요. 그러다가 결국 무대에서 연습할 시간에 배경 옮기는 거 보고 직접 가져다주셨어요."

"뭘요?"

"저기 저 바퀴들이요. 어떻게 알았는지 제대로 구해 오셨더라고요. 일반 바퀴로 달면 위험하거든요. 픽스 장치가 달린 바퀴로 달아야 하는데 정확하게 가져다주셨어요. 저는 뭐 바퀴 다는 거밖에 안 했죠."

"직접 가져다줬어요?"

"그럼요. 몸도 작아서 무거웠을 건데 어젯밤에 직접 가져왔어요. 그러면서 그동안 제작 비용 책정을 낮게 해서 미안하다고 사과를 어찌나 하는지. 사실 난 크게 한 것도 없는데 내가 더 미안해지더라고요."

대화를 듣던 태진의 머릿속이 또다시 복잡해졌다.

"내일부터는 아예 무대 설치 팀을 꾸린다고 하더라고요."

"어? 그럼 반장님은요?"

"아! 감사하게도 제가 주축으로 꾸리게 됐습니다. 하하. 믿어주신 만큼 열심히 해야죠. 이럴 게 아니라 무대 확인 좀 하러 가야겠네요!"

"아! 네! 혹시라도 저 필요하시면 언제든지! 아시죠?"

"하하하, 알겠습니다!"

태진은 김 반장이 내려가는 모습을 가만히 쳐다보다가 양손으로 머리카락을 쥐고 위아래로 흔들었다. 그러자 수잔이 급하게 태진을 보며 말했다.

"왜 그러세요! 머리 헝클어지면 안 된단 말이에요!"

"아……."

"왜 그러세요? 권은희 부장한테 미안해서 그래요?"

"미안하기도 하고요. 또……."

수잔은 또 무언가가 있다는 말에 궁금해하며 지켜봤다. 하지만 태진은 한숨만 뱉을 뿐 대답하지 않았다.

"뭔데요!"

"아니, 그냥."

"그냥 뭐요!"

"창피해서요. 혼자 잘난 척하면서 이상한 말 다 했잖아요. 아!"

갑자기 창피하다는 말에 수잔은 어이없다는 표정으로 태진을 봤다. 그것도 잠시 이내 흐뭇한 미소를 짓더니 태진에게 말했다.

"뭐가 창피해요. 실수를 알고 인정하면 되는 거죠. 그러니까 자꾸 곽이정 따라 하지 마요. 팀장님은 팀장님인데 자꾸 곽이정 따라 하려고 그러니까 이런 일이 생기잖아요. 내가 안 그래도 얘기하려고 그랬는데 잘됐네!"
"하아."
"따라 할 거면 차라리 스미스 팀장님같이 좀 착한 사람 따라 하지 왜 곽이정을 따라 해요. 곽이정 싫어하면서 자꾸 곽이정처럼 하려고 그래."

마치 처음에 입사했을 때로 돌아가 수잔에게 혼나는 느낌이었다. 하지만 그것이 기분이 나쁘진 않았다. 자신을 바로잡아 주기 위해 해 주는 충고라는 것을 알고 있었다. 그때, 수잔이 태진의 등을 두드리더니 입을 열었다.

"권은희 부장 오면 사과부터 해요."
"다짜고짜요?"
"그게 낫지 않아요? 오해했다고 그러면서 우리가 건 조건이 너무 과했다는 걸 인정하면 되잖아요. 사과를 하기 전까지가 고민되고 그러지 막상 하고 나면 얼마나 속이 편한데요."
"아……."

"창피해하지 말고요! 그것도 잠깐이지! 사과 안 하면 계속 괜히 주눅 들어서 있을 텐데 그럼 안 되잖아요! 우리 수장이 주눅 들어 있으면 우리까지 쭈그리처럼 있어야 되잖아요. 그리고 눈치 보느라 제대로 지도할 수나 있겠어요? 그래도 너무 저자세로 나가지 말고 그냥 실수했다고 말해요. 그것만 해도 충분하니까."

수잔의 말이 맞았다. 확실하지도 않으면서 곽이정을 흉내 낸 자신의 실수였다. 플레이스에서 태진이 내건 조건을 거절했다면 모를까 수락을 한 상태이다 보니 마음이 더 불편했다. 아무래도 연극을 위해서라면 사과를 하는 게 맞다는 생각이 들었다. 사과를 한다고 해도 마음이 불편한 건 마찬가지겠지만, 안 하는 것보다는 나을 것이었다.

'괜히 나 때문에 눈치 보게 생겼네… 하아… 아!'

어찌 됐든 눈치를 봐야 할 상황에 태진은 한숨을 뱉다 말고 조금이라도 덜 미안해질 수 있는 방법을 떠올렸다.

"아!"
"뭐가 아예요?"
"지금 우리가 억지로 뜯어낸 거잖아요."
"우리 아니고 팀장님!"
"네, 저요… 아무튼 뜯어낸 만큼 돌려주면 좀 괜찮지 않을까요?"

"또 무슨 곽이정 같은 소리 하려고 그러세요!"

"아니, 진짜 순수한 의도로 미안해서 주는 거죠."

"뭘 줘요?"

대화를 듣고있던 국현도 관심을 가지며 태진에게로 왔다. 그러자 태진이 천천히 입을 열었다.

"어찌 됐든 우리는 선택권이 생겼잖아요."

"그게 다 팀장님이 이뤄 내신 성과죠. 회사에서도 잘했다고 칭찬하고 난리 났습니다!"

"그걸 말하자고 하는 게 아니라… 아무튼 우린 우선적으로 선택할 수 있잖아요."

"그렇죠? 그런데 그건 왜요?"

태진은 휴대폰을 꺼내더니 앞으로 내밀었다.

"여기에 있는 배우들 정보를 넘겨주면 어떨까요. 우린 우선 선택권이 있으니까 넘겨줘도 괜찮을 거 같은데."

"그 사람들 플레이스잖아요. 우리만큼 잘 알겠죠. 아! 연습하는 건 우리만 봤구나! 만약에 권단우보다 괜찮은 사람 생기면요?"

"우선 선택권!"

"아… 그러네."

"이걸로 뭘 얻는다든가 그런 거 없이 우선 선택권을 준 것에 대한 감사의 의미로 정보를 준다는 거죠. 이러면 플레이스하고 관계도 좋아질 거 같은데 아닐까요?"

"좋은데요? 전 찬성입니다!"

국현은 곧바로 찬성을 했지만, 수잔의 대답은 나오지 않았다. 뭔가 이상한가 해서 수잔을 쳐다볼 때, 수잔이 피식 웃으며 말했다.

"그렇게 미안해요? 에휴, 정보가 아쉽긴 해도 갖고 있어도 쓸수도 없는 거니까 저도 찬성이요. 아무튼 곽이정 흉내 내지 마요. 낼 거면 지금처럼! 지금은 좀 착한 곽이정 같았어요. 일 잘하면서 윈윈하게 만드는 그런 느낌?"

"하하."

태진이 후련해진 기분에 미소를 지을 때, 마침 플레이스의 기획 팀이 들어서고 있었다. 기획부장은 태진을 발견했는지 곧바로 앞으로 다가왔다. 그러고는 인사도 없이 사무적인 얘기만 꺼내 놓았다.

"3시에 Y튜브 Day뉴스 채널에서 영상 올라올 거예요. 뉴스는 이미 나왔을 거고요."

"아, 네."

"그리고 기자가 입수한 것처럼 나올 예정이니 그렇게 알아 두시면 됩니다."

"네."
"그럼 이만."

　기획부장은 사무적인 말과는 다르게 인사만큼은 정중하게 하고는 내려갔다. 그 모습을 보던 태진은 급하게 권은희를 불렀다.

제4장
—

정보 제공

　권은희가 고개를 돌린 순간, 태진이 움찔거렸다. 단아한 모습의 권은희가 맞는가 의심이 될 정도로 인상을 찡그리고 있었다. 한눈에 봐도 말을 섞고 싶지 않아 한다는 것이 느껴졌다. 그러다 보니 태진은 순간 그녀가 착하다 했던 소문이 맞는지 의심이 됐지만 빠르게 그런 생각을 털어냈다. 입장을 바꿔서 생각하면 얼굴을 마주치는 것도 달갑지 않을 것이었다. 태진이 곽이정을 그렇게 생각하듯 권은희도 마찬가지일 거라는 생각에 태진은 대답도 없는 권은희에게 서둘러 사과했다.

　"어제는 죄송합니다."

　태진의 사과는 생각도 못 했는지 권은희가 약간 당황했다. 하지만 그것도 잠시, 의심이 가득한 표정으로 변했다.

"왜 이러세요? 뭐가 또 필요하세요?"
"아닙니다."

태진은 사과를 해야 했지만, 막상 앞에 서자 입이 떨어지지 않았다. 혼자 오해를 해서 그런 조건을 걸었다는 걸 말하려고 생각은 해 뒀는데 막상 말하려니 스스로가 너무 창피했다. 그러다 보니 변명을 찾게 되었다. 그 순간 등에 수잔의 손길이 느껴졌다.

옆을 보자 수잔이 가볍게 고개를 끄덕이고 있었다. 하마터면 또 곽이정처럼 다른 수작을 생각하려 했다. 태진에겐 곽이정처럼 되어선 안 된다는 생각이 창피함보다 우선이었다.

"오해를 한 걸 사과드리는 겁니다."
"무슨 오해요?"
"프로젝트를 성공시키려고 하시는 건데 그걸 기회로 삼아 이용하려고 하는 거라고 생각했습니다."
"내가요?"
"제가 그동안 그런 경우를 많이 봐서 부장님도 그럴 거라고 생각했습니다. 죄송합니다."

권은희의 찡그린 얼굴이 점차 펴졌다. 그러고는 재미있다는 듯 가볍게 웃었다.

"참··· 그렇다고 이렇게 사과하는 사람은 처음 보네······."

"진짜 죄송해서요. 항상 배려해 주신다는 걸 몰랐습니다."

"누가 그래요?"

"여기저기서 듣게 됐습니다. 천사시라고······."

"천사?! 무슨 천사예요. 나 그렇게 착한 사람 아닌데."

권은희는 천사라는 말이 부끄러운지 부정을 하고는 태진을 물끄러미 쳐다봤다.

"내가 진짜 이용하려고 그런 거면 어쩌려고 사과하는 건데요?"

"그건··· 어쩔 수 없죠."

사실 얻을 건 다 얻었으니 손해는 아니다라는 말을 생각했지만, 사과하는 자리에서 어울리지 않았기에 나온 대답이었다. 그러자 권은희는 가볍게 웃으며 말을 이었다.

"농담이에요. 이용하려면 그렇게 안 하죠. 일단 저질러 놓는 거지. 어쨌든 나를 오해했는데 오해가 풀렸다는 거죠?"

"네."

"다행이네. 알았어요. 그럼 우리 잘해 봐요. 우리끼리 얼굴 붉히면 피해는 다른 사람들이 보잖아요. 난 어떻게 해야 되나 고민하느라 잠도 제대로 못 잤는데 다행이네요."

이렇게 사과를 빨리 받아 줄지 몰랐기에 오히려 사과를 한 태진이 혼란스러웠다. 권은희를 보자 정말 진심으로 미소를 짓는 모습이었고, 태진도 그제야 마음이 조금 편해진 기분이었다.

"사실 나도 팀장님 이상한 사람인 줄 알고 조금 오해했거든 요? 그러니까 너무 미안해하지 않아도 돼요. 자! 싸우진 않았지 만 화해의 의미로 악수! 악수로 다 털어 버리고 배우님들한테 더 신경 쓰자고요!"

태진은 에이전트가 된 이후로 가장 큰 충격을 받는 중이었다. 에이전트를 하면서 만난 사람들 대부분이 이득을 먼저 생각하거 나 남을 이용하려고만 했는데 권은희는 아니었다. 사과하는 자 신이 무안할까 봐 자신도 그랬다는 말로 미안함을 덜어 주는 것 만 봐도 배려가 기본으로 장착되어 있는 사람처럼 보였다.

'이런 사람도 있구나……'

표정만 봐도 가면을 쓴 것 같은 누군가와 다르게 숨김없이 드 러내고 있었다. 저 미소를 보고 있으면 따라 웃을 것 같았다. 옆 에 있는 국현은 이미 환하게 웃고 있었다. 권은희의 말이 나올 때마다 분위기가 평화롭게 바뀌고 있었다. 태진도 저런 사람을 오해했다는 미안함에 서둘러 입을 열었다.

"저 그리고 어제 제가 말씀드린 선택권 있잖아요."
"아! 그거요? 이미 다 보고하고 통과된 건데 신경 쓰지 마세요. 아, 화해의 선물이에요!"

"그런 게 아니라요."

"정말 괜찮아요. 어차피 권단우 배우님 데려가려고 하는 거 같은데 아니에요?"

"음?"

"아니에요? 어? 이미 엄청 친한 거 같았는데?"

부드럽고 평화로운 대화였지만, 태진은 소름이 끼쳤다. 권은희가 알아서가 놀란 것이 아니라 자신도 모르게 권은희의 말에 반응을 해 버린 것에 놀랐다. 짧은 대화를 나눴을 뿐인데 아군처럼 느껴져 무장해제를 해 버렸다. 그로 인해 반사적으로 반응해 인정을 하게 된 셈이었다. 지금은 권은희가 곽이정보다 대단하게 느껴졌다.

"그리고 우리 같이 진행하는 건데 경쟁할 필요 없잖아요. 참! 우리가 밀릴 거 같아서 포기한 건 아니라는 거!"

"알죠."

"알아주시니까 감사한데요? 그리고 배우님들이 많으니까 우리가 필요한 분도 있겠죠."

"그래서 그런데 부장님 메일을 좀 알 수 있을까요?"

"제 메일이요? 우리 회사 메일 알잖아요."

"거기로 보내면 되나요?"

"뭘요?"

"배우분들 정보를 좀 드릴까 하거든요. 아! 화해의 의미로요."

"아! 신경 안 써도 되는데! 그래도 거절하기가 힘든데요? MfB에서 주는 정보라니까 속물 같아 보여도 거절할 수가 없네요!"

"별건 아니에요. 그냥 제가 지켜보면서 느꼈던 것들 메모해 둔 건데 도움이 될까 해서요."

"어! 옆에서 지켜보면서 메모하신 거예요? 그럼 너무 귀한 건데요. 꼭 좀 보내 주세요!"

"하하하."

태진은 자신도 모르게 웃어 버렸다. 가족을 제외하고 누군가를 만나면서 먼저 친해지고 싶다는 생각이 드는 사람은 처음이었다. 왜 사람들이 권은희를 칭찬했는지 조금은 이해가 되었다. 그때, 권은희가 웃으며 말했다.

"이제 기사 나올 거 같은데 확인해 보세요."

"아! 네!"

"벌써 그림이 그려지는데요?"

"무슨 그림이요?"

"한 팀장님 덕분에 객석이 가득 찬 그림이요! 그럼 기사 보시고 준비하시면 배우님들 연습하러 오시는 시간이랑 딱 맞겠네요. 그럼 기사 확인해 보세요!"

권은희는 인사를 끝으로 앞쪽으로 내려가다 말고 갑자기 고개를 휙 돌렸다.

"먼저 사과해 줘서 고마워요!"

그러고는 서로 힘내자는 의미인지 한 손을 들어 올리고는 자신의 자리로 갔다. 그러자 국현이 미소가 가득한 얼굴로 말했다.

"저런 사람도 있구나. 대화를 듣고 있는대도 나까지 평화로워지는 그런 기분이에요."

그 말을 들은 수잔이 피식 웃었다.

"곽이정 같다고 같이 욕했었잖아요."
"그때는 어떤 사람인지 몰랐으니까요. 이래서 일적으로 만나더라도 대화를 많이 해 봐야 돼. 그래서 내가 사람들하고 얘기를 많이 하는 겁니다."
"참, 말은 잘해요. 그나저나 팀장님도 사과하니까 마음 편하죠?"

태진은 입술을 씰룩거리며 고개를 끄덕거렸다. 수잔의 말처럼 걱정을 한 적이 없던 것처럼 마음이 편해졌다. 전부 권은희가 사과를 잘 받아 준 덕분이었다. 태진은 자리에 앉은 권은희의 뒷모습을 한 번 쳐다본 뒤 입을 열었다.

"그럼 기사 확인해 볼까요?"

지금 기분 같아서는 자신을 욕하는 기사가 나와도 이해해 줄 수 있을 것 같았다. 그때, 기사를 찾은 국현이 웃으며 말했다.

"와! 여기 보세요! 누가 플레이스 우호적인 기사 잘 내주는 곳 아니랄까 봐 바로 올려 놨네. 플레이스가 대단한 건지 권은희 부장님이 대단한 건지 이런 걸 뉴스까지 내보내네. 아무리 Day뉴스가 인지도가 낮긴 해도 대단한데요? 벌써 조회수도 꽤 되는 거 같고."

"Day뉴스가 플레이스한테 우호적인지는 어떻게 알아요?"

"알죠. 맨날 첫빠로 나오는데. 우리는 골고루 나눠서 보도 자료 보내지만 플레이스 첫 기사는 항상 Day뉴스예요. 제목도 대단하다. 연기의, 연기에 의한, 연기를 위한 가면맨이래요. 아예 링컨을 만들어 놨네."

태진은 멋쩍은지 괜히 목을 한 번 긁고 영상을 재생했다. 그러자 뉴스 앵커가 보였다. 영상을 이용해 단순히 기사처럼 나올 줄 알았는데 아예 뉴스로 보도를 해 놨다.

―최근 배우들의 입에서 공통적으로 오르내리는 인물이 있습니다. 바로 가면맨이라는 인물입니다. 많이들 들어 보셨을 이름일 텐데요. 정체에 대해선 알지 못하지만, 하나같이 연기에 대해선 진심이라는 말이 나오고 있습니다. 한 예능프로그램에서 보여 준 연기로도 상당한 주목을 받았는데요. 그런 가면맨이 또다시 대중들의 관심을 받고 있습니다. 지금 보시는 영상은 최근 인터넷 동영상 사이트에서 화제가 되는 영상입니다.

영상을 보던 국현은 큭큭거리면서 웃었다.

"와! 처음 공개되는 걸 화제가 되는 거라고 뻥 치는 거 봐요. 아주 그냥 제대로 관심받겠는데요."

"최초 공개 이런 게 더 관심 많이 받지 않을까요?"

"그것도 관심을 많이 받는데 이런 경우도 많이 받죠. 이게 어떤 거냐면 이미 인지도는 어느 정도 생겼단 말이에요. 그러다 보니 사람들도 이름은 들어 봤을 거란 말이죠. 저 앵커가 말한 것처럼요."

"그게 무슨 상관있어요?"

"당연히 있죠. 아, 내가 이름을 들어 본 사람이 정말 유명한 사람이구나, 하고 인식하게 만드는 거죠. 세뇌처럼! 그리고 관심 없는 사람들도 화제가 되고 있는 영상이라고 하니까 보는 거죠. 나만 모르면 안 되니까. 뭐, 그런 거죠."

영상에는 태진이 손가락질을 하며 플레이스 기획 팀에게 말하는 장면이 나왔다. 무슨 말을 하는지 들리진 않았지만, 내용만 보면 꾸짖는 것처럼 보였다.

─방금 보셨던 영상은 한 기획사에서 진행하는 연극 경연 준비 중에 발생한 일입니다. 가면맨을 칭찬했던 배우들도 다들 이 경연 준비를 보고 한 말들입니다.

"이렇게 또 연극 홍보하고. 괜히 홍보까지 담당하는 게 아니네요. 원래 Day뉴스에서 플레이스라고 자주 밝히는데 지금은 한 기획사래요. 정말 섬세하다. 시청자들도 객관적으로 보게 만들려고."

―경연의 연출을 총괄하여 책임지고 있는 가면맨과 관계자들과의 의견이 대립된 장면이고요. 관계자의 실수로 인해서 배우들의 연기에 문제가 발생했습니다. 가면맨은 배우들의 연기에 차질이 생기는 것을 문제 삼아 관계자들에게 잘못된 부분을 지적하는 장면입니다. 그리고 관계자들도 잘못된 부분을 파악하고 받아들이는 영상이죠.

나쁘게 나와도 이해한다고 생각했던 태진도 내심 걱정이 되긴 했는데 영상을 보고 나니 쓸데없는 걱정이었다. 누구 하나 악역이 없었다. 게다가 그것으로 끝이 아니었다.

―Day뉴스에서 이 영상을 보여 드린 이유는 바로 이것입니다. 누구의 눈치를 보지 않고 잘못된 점을 바로 지적하고, 그것을 받아들이는 여유. 우리 Day뉴스가 추구하는 바와 참으로 닮았기에 이 영상을 마지막 뉴스로 소개해 드린 겁니다. 앞으로 Day뉴스도 진실을 알리기 위해서라면 사회의 잘못된 부분을 지적하겠습니다. 또 시청자 여러분의 많은 의견과 질책도 받아들이도록 최선을 다하는 Day뉴스가 되겠습니다.

"이렇게 Day뉴스까지 홍보해 주고. 이러니까 안 해 줄 리가 있나! 어쩜 저렇게 좋으신 분이 머리도 비상하실까."

국현이 설명해 주지 않았다면 모르고 넘어갈 수도 있었지만, 국현 덕분에 알게 되니 권은희가 더 굉장하다는 생각이 들었다. 뉴스를 본 사람들의 반응만 봐도 성공적이었다. 젊은 층부터 나이가 있어 보이는 댓글까지 연령층도 다양하게 보였다.

─연기 대통령임?ㅋㅋㅋ
─저렇게 올곧으면 꺾이는 법이라 걱정은 들지만 조금이라도 힘이 될 수 있도록 응원하겠습니다.
─도대체 누구지? 스태프한테 손가락질하면서 뭐라 하는 거 보면 관계자는 아닌 거 같은데. 혹시 배우인가?
─어그로에 낚였네. 이딴 뉴스 내보낼 시간에 가면맨 정체나 밝히고 뉴스 내보내라.
─그래서 무슨 연극이죠?

아마 영상을 쓰겠다고 할 때부터 구상을 끝마쳤을 것이었다. 그저 대단하다는 생각밖에 들지 않았다. 주변 사람들을 자기 편으로 만들면서 섬세한 부분까지 겸비하는 게 아무나 할 수 있는 일은 아닐 것이다. 곽이정만 보더라도 일에 대해서는 비슷하다고 쳐도 사적으로 곽이정을 좋아하는 사람은 없을 것이었다.

'곽이정보다 먼저 알았으면 나도 저렇게 됐을까?'

태진은 많은 생각이 드는 눈빛으로 권은희의 뒷모습을 쳐다봤다.

*　　　　*　　　　*

어느덧 마지막으로 극장을 사용한 조각가들의 연습도 끝났
다. 그럼에도 돌아가지 않고 김 반장과 상의를 하는 중이었다.
그중에는 단우도 끼어 있었고, 태진이 나선 덕분에 단원들과의
관계가 조금은 나아진 듯 보였다. 그 모습을 보던 태진은 국현에
게 물었다.

"좀 돌아온 거 같죠?"
"누가 돌아와요? 수잔이요?"
"수잔 말고 단우 씨요."
"아, 깜짝이야. 가족하고 보내라고 일찍 보낸 사람이 왜 왔나
했네."

매일 늦게까지 있는 두 사람을 배려해 번갈아 가며 일찍 들어
가기로 했다. 두 사람도 처음에는 거절을 했지만, 계속된 권유에
가족이 있는 수잔이 수락했다. 그래서 지금은 국현과 둘이 있는
중이었다.

"권단우 씨야 뭐 문제없죠. 팀장님이 나서 주셨는데."
"혹시 제가 못 보는 게 있는가 해서요."
"아니에요. 저도 유심히 봤는데 표정도 좋아 보이고 아까 보니

까 단원들하고 얘기하면서 웃고 그러던데요. 제가 다시 한번 느끼는데 똘똘 뭉치게 하려면 적이 있어야 되는 거 같아요. 팀장님이 플레이스를 적으로 만들어 놓으니까 잘 뭉치잖아요."

"적은 아니죠."

"그건 권은희 부장님이 잘해서 그런 거죠. 인정 안 하고 자기 의견 밀고 나갔으면 적이겠죠. 아! 지금 상황이 딱 그거네! 있었는데 없어요! 적이 있었는데 없어졌다!"

태진은 장난스러운 국현의 말에 가볍게 웃으며 무대를 지켜봤다. 그때, 태진의 휴대폰이 울렸다.

"네, 이주 씨."

ㅡ또 이주 씨라고 하시네!

"……"

ㅡ농담이에요. 지금 연습 중이세요?

"네, 저 조금 이따가 갈 거 같아요. 제가 집에 가서 전화 드릴게요."

ㅡ아! 아니에요. 저도 이제 촬영하러 가거든요. 오늘 야간 신 있어서요.

"어디 다녀오셨어요?"

ㅡ정만이랑 희애 씨 만나고 왔죠! 저번에 와서 얘기도 제대로 안 하고 갔다고 되게 섭섭해하던데. 내일모레 마지막 촬영인 거 아시죠?

"네, 알죠."

—올 거죠? 아니지, 와야 돼요!

"알겠습니다."

마지막 미션에서 가장 중요한 역을 정만이 맡은 이상 이미 결과는 정해진 것이나 다름없었다. 게다가 사전 투표에서조차 정만이 압도적이었기에 큰 이변이 없는 이상 정만이 우승할 터였다. 그저 축하를 위해 참여하는 거라 태진도 부담이 되지 않았기에 수락을 했다. 그렇게 통화를 마치자 국현이 궁금한지 바로 물었다.

"채이주 씨예요? 왜 전화하셨대요?"

"내일모레 라액 촬영할 때 오라고요."

"아하! 가셔야죠."

"같이 가야죠."

"아닙니다. 전 여기 지켜야죠."

"배우분들한테는 얘기하면 되죠. 권은희 부장님이 잘 봐주실 거예요."

그때, 국현이 갑자기 손가락을 튕겼다.

"아, 잘됐다! 전 남아야겠어요! 시간도 딱이네!"

"네?"

"제가 가면 쓰고 여기 지키는 게 좋을 거 같은데요! 내일 배우들 만나면 내일모레 촬영장 간다고 말해 놓고 여기 있는 거죠. 그럼 우리 MfB 다 빠져도 가면맨은 남아 있게 되는 거잖아요."

"네……?"

"말 안 하고 그냥 손짓만 하면 될 거 같은데요? 좀 이상하면 종이 말아서 휘이휘이! 이렇게."

"제가 언제 그랬다고……."

"비슷하지 않아요? 아무튼 그게 좋겠어요."

"꼭 그러지 않아도 될 거 같은데."

"아닙니다! 좀 더 치밀하게 누군지 예상 못 하게 해야죠. 하하. 내일 가면이나 좀 주세요."

"어, 가면 계속 쓰고 있어서 침 냄새 날 건데……."

"아… 이참에 새로 제작하죠! 하하. 제가 플레이스한테 물어보고 알아서 챙겨 오겠습니다. 저번에 촬영할 때 쓰던 것도 남아 있을 겁니다!"

국현의 말처럼 하면 연극 배우들은 더욱더 누구인지 예상할 수가 없을 것이었다. 그래도 라액이 마지막이다 보니 같이 가는 게 좋을 것 같아 다시 권유를 하려 했지만, 국현은 이미 가면맨 흉내에 심취해 있는 중이었다.

"나가. 나가? 나가."

"그게 배에서 끌어올리는 느낌인데 목을 좀 조이는 느낌도 주면서… 목 안이, 그러니까 성대가 좀 뭐라고 해야 될까."

"그냥 말은 포기. 휘이휘이만 하면 되겠죠. 미리 앉아서 휘이휘이만 하면 다 속을걸요. 아마 권은희 부장님도 말 안 하면 속을 겁니다."

지금 국현이 흉내 내는 모습을 보니 약간 불안한 마음이 생겼다. 권은희라면 돌발 상황이 발생하더라도 무마시킬 수 있을 것 같았기에 아무래도 권은희에게도 말을 해 둬야 할 것 같았다. 그때, 플레이스 기획 팀들이 권은희를 중심으로 모여 있었다. 분위기를 보니 무언가 굉장히 심각한 듯 보였다. 그때, 권은희가 누군가와 통화를 하면서 계단을 뛰어 올라갔다. 태진에게 인사할 겨를도 없는지 성큼성큼 뛰어가더니 극장 밖으로 나가 버렸다.

"팀장님! 무슨 일 있나 본데요?"
"그러게요. 심각해 보이시던데."
"플레이스에 무슨 일 생겼나? 연극에 문제 있으면 우리한테 얘기했을 건데."

태진도 같은 생각이었기에 고개를 끄덕이고는 권은희가 나간 문을 쳐다봤다.

*   *   *

다음 날. 퀭한 얼굴의 권은희는 누군가와 통화를 끝내고는 책상에 엎드렸다. 하지만 그럴 시간이 없다는 듯 직원의 보고가 들렸다.

"부장님! 연락됐습니다!"

그 말에 권은희가 벌떡 일어났다.

"어디래요! 어디서 찾았어요!"

"매니저 팀에서 연락 닿았답니다. 지금 천안 부모님 집에 있답니다."

"아… 어젯밤에 연락했을 때 연락 안 왔다고 했잖아요?"

"겁나서 없다고 했답니다."

"진짜 너무하네! 그런데 어떻게 찾았대요?"

"매니저 팀에서 갈 만한 곳 전부 찾아갔답니다."

"아… 고생이네. 그래서 권오혁은 뭐래요."

"권오혁 씨하고는 통화 못 하고 부모님하고 통화했습니다. 정신 좀 차리면 연락하라고 하겠답니다."

권은희는 양손으로 머리를 쥐어뜯으며 말했다.

"아, 스트레스. 정신을 차릴 시간이 어디 있다고! 아무튼 고생했어요. 힘드셨겠다."

"힘들긴요. 뭐 매번 그러니까 또 아픈 척하면서 나타나겠죠. 어휴."

"아… 화난다. 세상에 대본 리딩 갔다가 술 처먹고 운전하는 사람이 어디 있어!"

"다 같이 먹은 것도 아니랍니다. 몇몇 먹다가 따로 혼자 나가서 바에서 한잔 더 했답니다. 뻔하죠. 또 여자 만나려고 그런 거겠죠."

"진짜 프로 의식이 없어도 이렇게 없다고? 그리고 경찰들은 왜! 귀가를 시킨 거야! 그냥 잡아넣어야지! 음주 측정 거부하고 도망가려는 놈을 귀가 조치 하는 게 말이 돼요?"

직원 역시 한숨도 못 자고 움직였는지 퀭한 표정으로 말을 이었다.

"신문사들한테는 아직 조사 중이라서 이름 공개는 미뤄 달라고 요청했습니다. 그런데… 요청을 들어줄지가… 대신할 정보라도 있으면 모를까. 그래서 그런데 가면맨 정체를 제공하면 어떨까 합니다."

"무슨 말씀을 하시는 거예요. 우리 살자고 남을 끌어들이면 안 되죠. 나중에 얼굴 어떻게 봐요. 마음은 알겠는데 우리만이라도 선은 지켜요. 그리고 살릴 만한 가치가 있어야 고민이라도 하죠."

"아, 네. 죄송합니다. 이제 드라마 곧 촬영 시작해서 걱정이 돼서요."

"저한테 죄송할 필요는 없고요. 그리고 지금 잘못 파악하고 계신데 우리는 권오혁 변호를 해 주려는 게 아니라 최대한 빠르게 끌고 나와서 사과를 시키려고 하는 거예요."

"아, 네."

"어떤 감독이 음주 운전 3번이나 걸린 사람을 출연시켜요. 그 사람은 공인이라고 불릴 자격이 없는 사람이에요."

"그래도 우리 소속이니까요… 최대한 커버하는 모습을 보여야 다른 배우들한테도 어필이 되지 않을까요."

"그래서 오는 사람이라면 우리도 거절이죠. 우리가 변호사는 아니잖아요."

권은희는 치밀어오르는 화를 삭이려고 옆에 놔둔 커피를 쭈욱 들이켰다.

"미안해요. 권오혁 생각만 하면 화가 나서 그래요."
"이해하죠. 권오혁 때문에 고생하시는 거 다 봤는데 충분히 이해합니다. 그럼 이번에 자숙한답시고 들어가면 꽤 길 테니 저희하고도 계약 끝나겠네요."
"그건 잘됐는데 문제는 계약금 반환에다가 위약금까지 내야 되는 거죠."
"그건 운영 팀에서 해결할 일이잖아요."
"안 그래도 아까 본부장님하고 얘기했어요. 그런데 얘기하는 거 보니까 그게 운영 팀만 나설 문제가 아니에요. 우리한테도 다 돌아와요."

권은희는 종이를 보여 주며 말을 이었다.

"계약서 보면 품위 유지 문제로 문제가 발생 시 계약금 반환과 세 배의 위약금을 문다고! 문제는 권오혁이 돈을 좀 받았잖아요. 아까 얘기 들어 보니까 회사에서 그걸 다 돌려줄 생각은 없을 거란 말이에요. 그럼 또 소송 싸움을 하겠죠? 게다가 이번 투자사가 제작도 같이하는 가나다 스튜디오니까."

"아… 거기, 툭하면 소송 거는… 그럼 음주 운전을 해 놓고 소송까지 하면 우리 회사 이미지가……."

"그렇죠! 권오혁 때문에 우리가 쌓은 것들이 무너지는 거예요! 그럼 우리는 처음부터 다시 시작해야 되는 거예요."

"와… 화난다."

"화나죠? 엄청 화나죠!"

"네! 뭐 그딴 놈이 A급 배우인지! 그런 놈은 쫄딱 망해야 되는데!"

그때, 노크 소리가 들리더니 이창진이 들어왔다. 권은희는 자신과 같은 처지인 이창진을 보며 안쓰럽다는 표정으로 손짓했다.

"실장님도 소환당하셨어요?"

"네……."

"많이 까이셨어요?"

"그렇죠… 승준이는 사표 내고 위에서는 까이고. 후아, 일 맡기고 현장에 있던 제 잘못이죠."

"그게 무슨 실장님 잘못이에요. 권오혁 잘못이지. 사무실에 있는다고 미리 막을 수 있는 게 아니잖아요. 그런데 권오혁 매니저가 승준 씨였어요?"

"네. 네 잘못 아니라고 했는데도 그만두겠다고 하네요."

"이게 뭐야 진짜. 너무 속상하다. 한 사람 때문에 몇 명이 피해를 보는 거야."

이창진은 한숨을 푹 뱉더니 입을 열었다.

"죄송합니다. 저희가 관리를 못 해서 홍보 팀까지 바쁘게 만들었네요."

"죄송 안 해도 된다니까요. 혹시 실장님이 권오혁 찾으셨어요?"

"네. 죄송해서 제일 먼저 연락드렸어요."

"어휴! 하는 일도 제일 많은 사람을 이렇게 고생하시고!"

"많기는요."

"좀 쉬세요. 얼굴이 저보다 더 말이 아니세요!"

"원래도 아니었는데요?"

"푸흡. 아! 웃기지 마시고요."

"하하. 농담입니다. 지금 쉴 시간도 없어요. 내일 마지막 촬영이라 현장도 가야 되고 권오혁이 대타도 구해야 되고."

애기를 듣던 권은희가 혀를 내밀며 말했다.

"우리가 권오혁 대타 구해요?"

이창진은 손을 비비는 시늉을 하며 말했다.

"권오혁 이제 끝난 거나 다름없으니까 수지가 안 맞잖아요. 최대한 나갈 돈을 줄여야죠."

"그래서 누가 대타 하는데요?"

"이제 알아봐야죠. 분위기를 보면 대타 출연료는 우리가 주는 걸로 하고 대신 계약금만 반환하는 방향으로 잡은 거 같더라고요."

"그건 좋은데요? 끝까지 책임지는 이미지로 홍보하면 될 거 같네요."

"권오혁만 욕먹겠죠. 회사에서도 이제 손 놓을 거 같아요."

"그러니까 좀 똑바로 살지."

"그래도 연기는 참 잘했는데. 그래서 더 머리가 아파요. 공 감독님이 권오혁 그 거친 이미지가 마음에 들어서 캐스팅한 거라서 다른 배우들 내밀어도 마음에 안 들어할 거 같거든요. 사실 본부장은 최재욱이 밀어줬으면 하는 눈치였거든요."

"최재욱 배우님이요? 인정하긴 싫지만 권오혁하고는 너무 다른 느낌이잖아요."

"그러니까요."

권오혁 때문에 많은 사람이 고생이었다. 권은희가 자신보다 더 힘들어 보이는 이창진을 안쓰럽게 쳐다볼 때였다.

"아, 잠시만요. 전화가 와서요."

"괜찮습니다. 받으세요. 저도 이만 가 봐야죠."

"어? 한태진 팀장님이 나한테 웬일로 전화를 했지. 잠시만요. 커피라도 사 드리고 싶어서 그러니까 잠깐만 기다려 주세요."

이창진을 잡아 둔 권은희는 곧장 통화 버튼을 눌렀고, 잠시 미안해하는 표정으로 대화를 나눈 뒤 통화를 마쳤다.

"시간 가는 줄도 몰랐네. 저희가 극장에 안 나타나서 연락하신 거예요."

"한 팀장하고 관계 좋아지셨나 봐요?"

"아, 알고 보니까 좋은 사람 같더라고요."

"하하. 사람 괜찮죠. 가끔 이상하게 나가는 게 있긴 하지만."

"어제도 먼저 사과하더니 정보까지 준다고 그러더라고요."

"정보요?"

"아, 배우들 정보요. 우리가 우선 선택권 준 것에 대한 고마움
의 표시라고 배우들 정보 주신다고 하더라고요. 배우들이 변해
가는 걸 메모해 두셨다고 그러셨어요. 그런데 그 귀한 걸! 권오
혁 때문에 생각도 못 하고 있었네."

그때 지금까지 가까이서 태진을 봐 왔던 이창진의 눈이 반짝
거렸다.

"그거, 저도 좀 봐도 될까요?"

*   *   *

권은희를 비롯해 플레이스의 관계자가 아무도 오지 않았지만,
플레이스 기획 팀이 참여한 건 극장 이후부터였기에 오지 않는
다고 해도 연습하는 데 지장은 없었다. 다만 내일 혼자 남을 국
현을 위해 도와 달라는 말을 하려 했는데 무슨 일인지 연락을
준다고 하더니 지금까지 연락이 없었다. 그때, 무대 위에 있던
김 반장이 급하게 올라왔다.

"저기 혹시 부장님 연락 되세요?"

"왜 그러세요?"

"소품들이 좀 늘어서 창고를 조금 더 사용해야 될 거 같아서 허락을 좀 받아야 될 거 같은데 연락이 안 되네요."

"바쁘신가 봐요."

"많이 바쁘신가 보네요. 새벽에도 전화 주시던 분이라 괜히 걱정도 되고 그래서요. 알겠습니다!"

김 반장이 돌아가자 수잔이 조용히 물었다.

"어제 저 가고 또 무슨 일 있었던 거 아니죠?"

"아니에요."

"진짜 아니죠?"

"진짜 아니에요. 저 아무것도 요구 안 했어요."

"그런데 왜 아무도 안 올까요? 부장님은 아니더라도 팀원들은 와 있어야 할 거 같은데. 그리고 국현 씨는 플레이스 소속인가? 어디 간 거지?"

"아, 가면 제작해서 바로 받아야 된다고 나갔어요."

"하루 만에?"

"국현 씨잖아요."

"아, 그렇지. 또 막 친한 척하면서 해 달라고 했겠네."

수잔은 보지도 않았으면서 본 것처럼 정확히 알고 있었다. 태

192 모방에서 창조까지 하는 에이전트

진은 가볍게 웃고는 다시 휴대폰을 꺼냈다. 플레이스의 관계자들이 없다고 하더라도 할 건 해야 했다. 태진은 메모장을 열고 방금 연습이 끝난 극단에 대한 소감을 적기 시작했다. 그때, 경영 팀으로 저장된 번호로 전화가 왔다.

"네, 한태진입니다."

—안녕하세요. 경영지원 팀 이혜미인데요.

"안녕하세요."

—네, 안녕하세요. 다름이 아니라 팀장님이 확인하라고 해서서요. 지금 플레이스 극장에 계시죠?

"네, 맞아요."

—거기 분위기 괜찮나요?

"네?"

태진은 극장에 와 보지도 않은 경영 팀이 분위기를 묻는 말에 고개를 갸웃거렸다.

"오늘 아무도 안 오긴 했어요."

—그래요? 아, 문제가 있긴 있나 보네.

"무슨 문제요?"

—권오혁이 음주 운전으로 걸려서 지금 플레이스 얘기가 많이 나오거든요.

"어……."

—그래서 아무래도 그 프로젝트 엎어질 거 같다는 예상이 나

와서요. 일정 보면 얼마 안 남았는데 플레이스 이름 걸고 하기에는 부정적인 시선이 많을 거 같거든요.

"플레이스에서 전달받으신 거예요? 저희는 아무 얘기도 못 들었는데요."

—그건 아니고요. 저희 예상입니다. 그래서 혹시라도 기획이 무산될 기미가 보이면 바로 철수해도 된다고 말씀드리려고 전화드린 겁니다. 저희도 계속 알아보고 있어서 확인되는 대로 연락드릴게요.

"아… 네."

—그럼 고생하세요.

태진이 전화를 끊자 수잔이 급하게 얼굴을 들이밀었다.

"왜요? 경영 팀 같던데 뭐라고 그래요?"

"권오혁 배우가 음주 운전으로 걸렸다는데요."

"또요? 그 새끼는 미쳤나 봐. 잠시만요."

수잔은 휴대폰을 꺼내더니 뉴스를 검색하기 시작했고, 태진도 뉴스를 찾아봤다.

"이 새끼 내가 이럴 줄 알았어! 이제 아예 아웃이겠는데요."

"벌써 세 번째였네요."

"음주 운전도 중독이라고 그러더만 왜 술 처먹고 운전을 하는 거지."

"아, 이래서 권은희 부장님도 안 오신 거였나 보네요. 홍보도 맡고 계시니까."

"이 정도면 문제가 심각하네요. 드라마도 들어가는 거 같던데."

"그렇겠네."

"미쳤나 봐요! 여기 세 번 걸리고도 귀가 조치 했다는 거! 거기에 아직 이름은 안 나오고 플레이스 소속의 A모 배우! 이러면 누가 봐도 권오혁이지."

"그래서 회사에서도 지금 프로젝트 무산될 거 걱정했구나."

"경영 팀에서 그래요? 우리 회사에서 얘기가 먼저 나올 정도면 심각한가 본데요?"

"지금 프로젝트가 돈도 안 돼서 거의 봉사나 다름없는 일인데 모르는 사람들은 이미지 개선하려고 이거 하는 걸로 알 거 같네요. 계속 진행하더라도 이러면 이제 홍보는 힘들 거 같아요."

지금까지 홍보라고는 가면맨으로 관심을 끈 것이 전부였다. 이제 제대로 각 극단을 홍보해야 할 차례였는데 음주 운전 사건으로 인해 시작도 전에 발목이 잡힐 듯 보였다. 그때, 무대 위로 장터국밥 극단이 올라왔다. 그 모습을 보던 태진은 한숨이 나왔다.

"아무것도 모르나 보네요."

"뭘 알겠어요. 우리도 지금 알았는데. 이제 시끄러워지기 시작하겠죠. 마음 아프게 왜 저렇게 밝아! 이게 뭐야! 왜 엄한 사람들이 피해를 받아야 돼!"

장터국밥 팀은 가면 쓴 태진을 향해 꾸벅 인사를 했고, 태진은 한숨과 함께 손을 흔들었다. 인사를 한 장터국밥 단원들은 자신들에게 주어진 시간을 최대한 활용하기 위해 바로 연습을 시작했다. 그 모습이 안타까운지 수잔은 고개를 푹 숙인 채 중얼거렸다.

"왜 또 저렇게 열심히 해."
"이 팀 잘은 못하지만 원래 열심히 해요. 단장님이 의욕이 넘치잖아요. 단원들도 잘 따르고."
"그러니까 더 속상하잖아요."
"아직 결정 난 건 없으니까 준비는 해 둬야죠. 후……."

말은 결정 난 것이 없다고 했지만 사실 태진도 걱정이 컸다. 다들 알려지지 않은 극단이기에 이번 프로젝트를 큰 기회라고 생각하며 기대하는 중이었다. 그만큼 열심히 하고 있는데 음주 운전 소식을 들으면 지금 뿜어내는 긍정적인 기운이 순식간에 사그라들 것만 같았다. 하지만 끝까지 모를 수는 없는 것이기에 태진은 연습이 끝난 뒤 자신이 직접 알려 주고 마음의 준비를 시키는 게 좋을 듯싶었다. 어떻게 말을 해야 될지 감이 잡히진 않았지만.

"후……."
"나도 한숨밖에 안 나오네. 그나저나 국현 씨는 왜 이렇게 안 와."

그때, 뒤쪽 문이 열리면서 국현이 들어왔다. 국현은 씨익 웃다 말고 무대를 힐끔 쳐다보고는 조심스럽게 내려왔다.

"팀장님! 이따가 이거 새거 드릴게요. 침 냄새 나는 거 버리시고! 수잔도 하나 줘요?"

"뭘 그렇게 많이 만들었어요. 돈 아깝게. 국현 씨 쓸 것만 만들면 되잖아요."

"진행비로 나가는데 열 개는 만들어야죠! 제가 싸바싸바 해서 밤새워서 만들어 주신 거예요."

"하, 안 들키게 잘 숨겨요. 후… 뭐 들켜도 되려나."

"그게 뭔 소리예요? 수잔 표정은 또 왜 그래요?"

"지금 좀 심각한 문제가 생겼어요."

"뭐요? 우리한테요? 나 아무 말도 못 들었는데?"

"우리 말고 플레이스요. 지금 아무도 안 와 있잖아요."

"무슨 말씀이세요?"

국현은 의아한 표정으로 수잔에게 말했다.

"지금도 주차장에서 권은희 부장님 봤는데. 이창진 실장님도 같이 왔던데요?"

"어?"

이번이 수잔이 의아한 표정으로 변했다. 그리고 그런 표정으

로 태진을 봤지만, 태진도 전혀 아는 바가 없었기에 아무런 답도
해 줄 수가 없었다. 그러던 중 또다시 극장 문이 열리더니 방금
들은 대로 권은희와 이창진이 들어왔다.

권은희는 태진을 보며 정중히 인사를 했고, 이창진은 그런 권
은희의 팔을 잡아 끌며 태진에게 인사했다.

"좀 이따가 인사해요. 저기 저 사람들이 장터국밥 맞죠?"
"네, 맞아요."
"오케이! 고고."

이창진은 서둘러 앞쪽으로 가서 자리를 잡았다. 그 모습을 보
던 태진은 고개를 갸웃거렸다.

'저럴 시간이 있나? 뭔가 수상한데…….'

그때, 옆에 있던 수잔이 갑자기 태진의 귀에 속삭였다.

"뭔가 수상해요!"
"그죠?"
"권은희 부장만 있으면 모르겠는데 저 순한 곽이정까지 있으
니까 뭔가 좀 수상한데."
"저도요."
"그럼 어쩔 수 없네! 그러긴 싫은데… 곽이정처럼 생각해 봐요!"
"네?"

"곽이정병 도졌다고 생각할 테니까 무슨 짓 할지 생각해 보라고요. 전 도저히 뭔 짓 할지 예상이 안 돼요."

"곽이정병… 수잔은 곽이정처럼 하는 거 싫어하시잖아요."

"상대에 따라 다르죠. 강자에겐 강하고 약자에겐 약하게처럼 곽이정에겐 곽이정으로!"

태진은 또다시 곽이정을 흉내 내며 다리를 꼬았다.

"으음."

"아니, 자세랑 목소리는 뭐 하러 흉내 내요. 아, 소름 끼쳐. 진짜 곽이정 같았어!"

＊　　　＊　　　＊

이창진은 장터국밥의 연습을 뚫어져라 쳐다봤다. 정확히 말하면 정광영이라는 배우가 등장할 때부터였다.

'이거 진짜 비슷한데?'

손에는 태진이 권은희에게 보냈던 정보가 들려 있었다. 사실 기대하던 것과는 달랐다. 처음 태진이 정보를 줬다는 말을 들었을 때는 권오혁 문제와는 상관없다고 생각했었다. 그저 태진에 대한 전적인 믿음에 좋은 배우가 있을 거라는 생각으로 자료를 본 것이었다. 당장 권오혁 때문에 문제가 있지만 태진이 좋게 본 배우라면 같은 급으로 성장할 수 있을 것 같았다. 그저 플레이스의 미래를 위해 궁금해서 본 것이었다.

역시나 기대하던 대로 태진의 정보는 굉장히 상세했고, 자료를 읽기만 해도 배우들이 어떤 연기를 펼쳤을지, 어떻게 변화를 해 왔는지 보이는 것 같았다. 특히 기존 배우들의 연기를 기준으로 비교한 설명 덕분에 쉽게 상상이 되었다. 그러던 중 장터국밥이라는 극단에 반갑지 않은 이름이 나왔다. 이창진은 자료를 보더니 다시 정광영을 쳐다봤다.

"확실히 권오혁하고 느낌이 비슷하죠?"

"그래요? 전 크게 잘 모르겠는데."

"아니에요. 담금질 안 된 거친 날것 같은 그런 느낌이 있어요. 아니에요?"

"저보다 실장님이 전문이신데 잘 아시겠죠."

"얼굴만 다르지 느낌이 확실히 비슷해요. 그래도 다른 연기를 봤으면 좋겠는데."

연습 중이다 보니 다른 연기를 지시할 수가 없었다.

'한태진이가 본 게 맞아. 지금까지는 권오혁이 있어서 자리가 없었지만, 이제 권오혁이 없으니까 괜찮을 거 같은데. 연기도 좀 부족해 보이긴 하는데… 그건 경험이 더 쌓이면 해결될 거고.'

머릿속에 이 생각 저 생각 떠오르는 통에 뒤죽박죽이었다. 그

중 가장 많이 드는 생각은 바로 권오혁을 대신했을 때 얻을 수 있는 이익이었다.

'공 감독이 권오혁 이미지 때문에 캐스팅한 거니까 저 친구 보여 주면 마음에 들어 할 거 같은데. 거기다 가나다 스튜디오한테 책임지는 모습을 보여 줄 수도 있을 거 같고.'

문제는 정광영의 이름이 너무 알려지지 않았다는 것이었다. 플레이스로서는 적은 계약금으로 괜찮은 배우를 섭외해서 좋지만, 제작사 측에서는 최소한 어느 정도 이름이 알려진 배우를 원할 것이었다. 잠시 생각하던 이창진이 갑자기 소리가 날 정도로 고개를 빠르게 돌렸다.

"부장님, 이거 홍보하신다고 하셨죠?"
"이미 극단들 홍보 영상은 제작했는데 당장 내보내기는 힘들죠."
"내보냅시다! 대신 저 친구 위주로 해서."
"정광영 배우님이요? 아. 그러면 안 돼요."
"지금 위기인데 안 될 게 뭐 있어요."
"그러면 혼나요."
"누구한테 혼이 나요."
"한태진 팀장님이요. 얼마 전에 가면맨이 우리 혼내는 거 보셨죠? 그때 좀 비슷한 상황이었거든요."
"한 팀장도 이해할 거예요. 그렇게 꽉 막힌 사람 아니에요."
"그러면 안 돼요. 정광영 배우님이 주연도 아닌데 나머지 사람들은 뭐가 돼요."

권은희는 뒤쪽에 있는 태진을 고개를 돌려 쳐다본 뒤 다시 고개를 저었다. 그러자 이창진이 답답한 표정으로 말했다.

"정광영 저 친구를 좀 띄워 주면 연극에도 더 관심 가질 거고, 우리도 권오혁 대체할 수 있는 배우를 찾아서 좋고."
"그래도 안 돼요. 극단에서 수긍하고 배우님이 허락하면 몰라도 그렇게 하면 연극 호흡이 무너질 수도 있어요."

천사 같은 권은희였기에 최대한 피해를 주지 않으려고 거절을 하는 것이었다. 이창진도 권은희의 성격을 알기에 한발 물러서며 말했다.

"그럼 먼저 물어봅시다."

유명한 배우들이 많은 플레이스다 보니 거절하지 않을 거란 자신감이 있었다. 물론 따로 오디션을 더 봐야겠지만, 지금은 대답을 듣는 것이 먼저였다. 이창진은 마이크를 들고 한창 연습 중인 극단을 향해 말했다.

"잠시만요! 저기 정광영 배우님! 잠깐⋯⋯."

이창진의 말이 끝나기도 전에 스피커에서 고함치는 소리가 들려왔고, 무대 위 배우들은 당연하다는 듯 고개를 끄덕거렸다.

"나가!"

태진이 나가라고 한 소리에 이미 권은희에게 무슨 말을 들었는지 이창진은 별말 없이 밖으로 나갔다. 물론 표정은 좋지 않았다. 한참 어린 후배에게 다짜고짜 반말을 들었는데 기분이 좋을 리가 없었다. 게다가 마음이 급했기에 이러고 있을 시간이 아깝게 느껴지는 듯했다.

이창진이 밖으로 나가자 배우들은 웃기기도 했지만, 한편으로는 다시 한번 태진의 거리낌 없는 성격을 느꼈고, 이창진 같은 처지가 되지 말자는 의미로 서로를 보며 고개를 끄덕거렸다. 그 모습을 보던 수잔은 어이가 없어 헛웃음을 뱉었다.

"이창진 실장님한테까지 나가라고 하면 어떻게 해요. 무슨 유행어 밀고 있어요?"

"그건 아니고요. 따로 불러서 얘기해야 되는데 그런 상황이 안 나올 거 같아서요."

"우리한테 시키면 되잖아요. 이 정도면 일부러 그런 거야. 맞죠? 가만 보면 진짜 웃겨!"

"어렸을 때 꿈이 개그맨이었거든요."

"이것 봐! 일부러 그랬어! 지금 그런 말 하는 게 아닌데!"

"저도 긴장돼서 농담한 거예요. 이제 가죠."

태진이 자리에서 일어나자 수잔도 따라 일어났다. 그러고는 아직 앉아 있는 국현을 보며 말했다.

"여기 있을 거예요? 요즘 자꾸 혼자 있으려고 그러는 거 같은데? 뭔 일 있어요?"

"아니에요. 뭔 일은 무슨. 그냥 걱정돼서 그러죠."

"뭐가요? 무슨 문제 있어요?"

"그건 아니고요. 아무래도 내일 잘할 수 있을까 걱정이 되는 거죠. 팀장님처럼 카리스마 있는 목소리로 '나가'가 안 될 거 같은데."

"아이참! 왜들 이럴까."

"저도 농담이에요. 그냥 신기해서 그래요. 마치 미래를 보는 사람처럼 상황을 예측하잖아요."

수잔은 어이없다는 듯 피식 웃으며 대답했다.

"아까 팀장님이 휴대폰으로 적은 씽크 트리 못 봤어요?"

"그런 것도 만드셨어요?"

"권오혁으로 시작해서 시나리오가 한두 개가 아니에요. 뭐, 결론은 거의 비슷한 거 같은데 그래도 여러 가지 상황을 생각해 두셨을 거예요. 지금도 그 시나리오에 맞춰서 움직이는 중일 거예요. 그렇게까지 생각하는 게 대단하긴 하죠."

"플레이스한테 뭐… 뜯어내려고요?"

"뜯어낸다기보다는 얻어 낸다?"

자신에 대한 대화를 들은 태진은 멋쩍게 웃으며 걸음을 옮겼다. MfB 일이 아니라 플레이스의 일이었기에 어떻게 돌아가는지 자세히 알 수가 없었다. 그렇기 때문에 최대한 가능성을 열어 두기 위해 여러 가지 시나리오를 생각해 둔 것이었고, 그것들이 플레이스에 도움을 주면 주었지, 피해를 주는 건 아니었다.

밖으로 나오자 극장 로비에 있는 권은희와 이창진이 보였다. 마음이 급한 이창진은 태진을 보자마자 서둘러 다가오더니 태진의 손을 덥석 잡았다.

"빨리빨리!"

"어디 가시게요?"

"정체 알면 안 된다면서요! 부장님이 신신당부하던데! 2층에 사무실 있으니까 거기로 가자고요."

이창진에게 이끌려 사무실에 도착한 태진은 숨을 고를 틈도 없었다.

"뭔데요! 나한테 나가라고 한 이유가 뭡니까!"

"일단 죄송해요."

"죄송 안 해도 되니까 본론부터!"

평소라면 앞뒤 재 보고 대화를 하는 느낌이었는데 지금은 앞만 보고 있는 사람처럼 보였다. 그만큼 상황이 심각한 모양이었다. 태진도 그에 맞춰 간을 보지 않고 입을 열었다.

"정광영 씨 섭외하시려고 하는 거죠?"

"음?"

이창진은 권은희에게 얘기를 했냐는 표정으로 쳐다봤지만, 권은희가 그럴 시간이 있었을 리가 없었다. 그 모습에 태진은 오히려 자신이 생각하는 것이 맞았다는 확신을 얻었다. 라이브 액팅으로 바쁜 이창진이 갑자기 온 것도 이상했다. 거기다 권오혁이 음주 운전 문제를 일으킨 시기와도 겹쳤다.

여러모로 종합해 보면 권오혁 배우를 대신할 배우로 정광영을 선택한 듯싶었다. 권오혁이 출연 예정이었던 드라마에 차질이 생긴다는 기사까지 나왔기에 쉽게 예상이 되었다. 이창진은 자신의 생각을 숨기려는지 머리를 굴리는 모습이었다. 그러고는 불안한 표정으로 변하더니 이내 그것을 숨기기라도 하려는 듯 갑자기 의자에 등을 기대 여유로운 모습을 보였다.

'또 저러네.'

태진은 이창진이 왜 저러는지 단번에 알 수 있었다. 또 뭔가수 싸움을 하려고 저러는 것이었다. 태진은 머리싸움을 하려고 한 것이 아니라 도움을 주려고 했는데 이창진은 다르게 생각한 모양이었다. 아니나 다를까 이창진이 조금 전 다급하던 모습과 다르게 여유로운 말투로 물었다.

"혹시 MfB에서 눈여겨보는 사람이 정광영인가요?"

이창진의 헛다리에 태진은 순간 움찔거렸다. 저런 생각을 할 거란 걸 생각해 본 적은 없었다. 하지만 플레이스의 입장에서 보면 그럴 수도 있을 것 같았다. 태진은 이창진의 생각을 좀 더 알아보기 위해 입을 다물었다. 그러자 이창진도 태진의 의중을 알아보려는지 한층 더 여유로운 미소를 장착한 채 입을 열었다.

"예상외네요. 한 팀장님이 눈여겨본 사람이 정광영 씨였군요. 그럼 저희야 감사한데요?"

뒤에 무슨 말이 나올지 듣지 않아도 예상이 되었다. 찔러 보려는 속셈이라는 게 훤히 보였다. 이럴 거라면 아까 장터국밥 팀의 연습 때 이창진이 정광영을 눈여겨보는 모습을 보였으면 안 됐다. 태진이 속으로 웃을 때 아니나 다를까 이창진이 생각하던 그대로 말하기 시작했다.

"권단우를 저희한테 양보해 주신다니 저희야 너무 감사하죠. 사실 저희도 권단우 씨 영입할 생각이었거든요. 그래서 한 팀장님이 우선 선택권 달라고 했을 때 내부적으로 의견이 심하게 부딪혔거든요. 줘야 된다 안 된다로 나뉘어서 말이죠."

"그러셨군요."

"그런데 이렇게 양보해 주실 줄 알았으면 그럴 필요가 없었네요. 하하, 이럴 게 아니라 빨리 보고하고 권단우 씨하고 접촉을 해 봐야겠네요."

이창진은 여유로운 표정으로 태진이 어떻게 나올 것인지 살폈다. 하지만 태진은 이창진의 의도를 알기에 웃음이 나왔다. 역시 곽이정보다는 훨씬 알기 쉬운 사람이었다. 얼마 전 권은희와 대화를 할 때 단우를 선택했다는 걸 얘기하긴 했지만, 태진은 자신이 그러라고 대답하면 이창진이 어떻게 나올지 궁금한 마음에 입술을 씰룩거리며 대답했다.

"네, 그러세요. 플레이스라면 단우 씨도 좋아하겠네요."

이창진은 예상과 다른 답변 때문인지 눈가가 살짝 떨렸다. 평소라면 위험할 대답이었지만, 지금 플레이스에서는 단우보다 정광영이 필요했기에 한 말이었다. 만약에 정말 권단우를 데려가겠다고 한다면 문제가 생기겠지만 지금 반응으로 보면 그럴 일은 없었다. 그리고 권단우를 정말 데려가겠다고 해도 그렇게 큰 손해는 아니었다.

권오혁이 사라질 게 확실한 지금은 정광영도 설 자리가 생겼다. 그러다 보니 정광영의 평가도 달라질 수밖에 없었다. 확실히 나쁜 결정은 아니었다. 그리고 무엇보다 단우에 대한 믿음이 있었다. 아마도 플레이스에서 단우를 데려가려면 쉽지만은 않을 것이었다.

'잘하면 두 명 데려올 수도 있겠는데.'

이창진은 지금도 할 말을 생각하느라 말이 없었다. 그때, 태진의 입으로 단우에게 관심이 있다는 걸 들었던 권은희가 갑자기 대화에 끼어들었다.

"실장님 무슨 말씀을 하고 계신 거예요. 약속은 저희가 했는데 실장님이 결정을 내리시는 건 아니죠. 저희는 이미 한 팀장님을 이용해서 홍보를 한 상태인데 프로젝트 시작도 안 한 지금 결정을 내리라고 하는 건 좀 아닌 거 같아요."

"아! 제 말은 그게 아니라요."

"게다가 저희한테 정보까지 주셨는데 저희 지금 무례한 거 같아요. 죄송해요. 한 팀장님."

방금까지도 두 명을 데려갈까 생각하던 태진도 권은희에 사과에 그런 생각이 쏙 사라져 버렸다. 만약에 이창진이나 곽이정이 저런 말을 했다면 노림수가 있다고 생각이 들 만한데 권은희의 말에서는 진심이 느껴졌다. 물론 태진이 심술을 부린다는 걸 알기에 하는 사과일 수도 있었다. 이유가 어찌 됐든 그 진심이 묻어 나는 사과 덕분에 태진의 마음도 너그러워지는 기분이었다. 태진은 사과하는 권은희에게 괜찮다고 손짓하며 말했다.

"괜찮아요. 아까 질문했었는데 다시 할게요. 정광영 씨 데려가시려고 하는 거죠? 아니, 권오혁 배우 대신할 사람으로 데려가시려는 거죠?"

권은희에게 밀려난 이창진은 기 싸움을 포기했는지 태진이 알고 있다는 것에 대놓고 놀란 표정을 지었고, 애초부터 기 싸움할 생각이 없던 권은희는 덤덤하게 고개를 끄덕거렸다.

"네, 맞아요. 뉴스 보셨죠?"
"뉴스도 봤고 회사에서도 연락이 왔어요."
"그랬네요. 상황이 좋지 않아요. 그래서 혹시나 도움이 되지 않을까 하는 생각으로 온 거고요."
"제가 드린 정보 보시고요?"

권은희는 이창진을 한 번 보더니 이내 고개를 끄덕였다.

"네. 마침 권오혁 대체할 만한 배우가 있더라고요. 팀장님 추천도 전부 권오혁이 맡았던 배역들이고요. 그리고 우리 실장님도 만족할 정도의 연기였어요. 그래서 그런데 염치없지만 저희한텐 정광영 씨가 필요해요."
"그러실 거 같았어요. 그래서 아까 실례라는 걸 알면서도 나가라고 소리친 거고요."
"아. 무슨 문제라도 있는 거예요?"

이창진도 궁금한지 자세를 앞으로 향했다. 태진은 그런 이창진을 보며 입술을 씰룩이고는 입을 열었다.

"정광영 씨한테 어떤 조건으로 계약하실 건지 생각 안 하셨죠? 일단 얘기부터 해 보실 생각이셨죠?"

"네, 맞아요. 급하게 오느라고 계약보다는 어떤 연기를 하는지 보려고 오신 거예요. 그래도 연기가 마음에 드셔서 먼저 얘기를 해 보려고 부른 거고요."

"제가 보기에는 권오혁 배우가 했던 연기는 잘할 거 같아요. 다만 연극이 아니라 드라마라서 적응이 필요하기도 하고 원래 했던 연기보다 양이 많아질 거라서 흔들릴 수는 있어요."

"아하!"

"뭐, 그건 이창진 실장님이 잘 커버해 주실 거고요."

괜히 자신을 언급하는 태진의 말에 머쓱한지 코를 훔쳤다.

"그런데 문제는 연기가 문제가 아니라 정광영 씨가 안 하려고 한다는 게 문제죠. 연극을 너무 좋아해서 다른 쪽을 생각하지 않거든요. 그리고 과하다 싶을 정도로 극단에 대한 애정이 있어요. 그런데 거기서 정광영 씨만 부르면 반발을 샀을 거예요."

이창진은 고개를 갸웃거리며 대화에 끼어들었다.

"그건 한 팀장님이 어떻게 알아요?"

"연습하는 걸 계속 지켜봤으니까요."

"으음, 못 믿어서 그러는 건 아닌데… 그걸 지켜본다고 알아요?"

"알죠. 연기 방향을 잡아 주려면 관찰해야 되니까요."

그 사람이 되어 좀 더 나은 연기를 보여 줄 방법을 찾다 보니 모를 수가 없었다. 물론 완벽하진 않지만 눈으로 보고 관찰한 정광영은 그랬다. 태진은 연습하면서 봤던 정광영에 대해 설명을 해 주었고, 설명을 들은 이창진과 권은희는 이해가 된다며 고개를 끄덕거렸다.

"자기가 키운 극단이고만……"
"그런 셈이죠. 창립 멤버가 단장님하고 정광영 배우 둘 뿐이니까요."
"자기가 빠지면 안 된다고 생각하는 건가……?"
"거기까지는 모르겠는데 애정이 대단해요. 그래서 사람이 많은 장소에서 얘기를 하는 것보다 기다렸다가 조용히 얘기를 하는 편이 나을 것 같아서 말린 거예요."
"으음… 이러면 안 되는데. 그럼 연습 끝나고 얘기하면 될까요?"
"그것도 힘들 거예요. 단원들을 태워서 가거든요."
"그런 것도 알아요?"
"계속 지켜봤으니까요."

이창진은 태진의 말에 믿음이 가다 보니 더욱 난감했다.

"그럼 언제 얘기를 해야 돼요? 집 앞에 찾아가야 되나."
"단장하고 친구라서 같이 살아요."

"아니! 그럼 언제 얘기를 하라는 거예요. 뭘 맨날 같이 다녀!"

"그 정도로 단원을 챙기고 그러세요. 그래서 아까 사람들 앞에서 얘기했으면 바로 거절을 했을 거라서 제가 나선 거예요."

"아… 아무튼 고마워요. 그러면 어떻게 얘기를 하는 게 좋을까요?"

이창진은 진심으로 궁금하다는 표정으로 태진을 봤고, 태진의 뒤에 있던 국현과 수잔 역시 태진을 보며 침을 삼켰다. 모두의 시선이 집중이 되자 태진이 조심스럽게 입을 열었다.

"저희 MfB에 맡겨 주시면 최선을 다해 양측 모두 원하는 결과를 얻을 수 있도록 노력하겠습니다."

"어……?"

태진의 뒤에 있던 국현은 수잔을 쳐다봤다. 그러자 태진의 씽크 트리를 봤던 수잔은 말없이 고개를 끄덕거렸다. 그리고 당사자인 이창진은 어이가 없다는 표정으로 태진을 쳐다봤다.

"지금 영업하는 거예요……?"

*   *   *

다시 극장에 자리한 태진은 말없이 김 반장이 지휘하는 제작팀을 쳐다봤다. 플레이스에서 사람을 붙여 준 덕분에 수월하게 진행되는 듯 보였다. 수잔은 그런 태진을 뚫어져라 쳐다봤다.

"왜 그러세요?"
"제가 팀장님한테 이런 말씀 드리기가 좀 그런데, 되게 뻔뻔한 거 같아요."

무엇 때문에 그러는지 알기에 태진은 가볍게 웃었다. 국현도 수잔에 의해 물꼬를 텄다고 생각했는지 태진에게 말을 걸었다.

"저도 거기서 영업할 줄은 생각도 못 했어요."
"그게 더 마음이 편할 거 같아서요."

국현은 이해하지 못한 표정으로 되물었다.

"뭐가 더 편해요? 하나도 안 편한데요? 이 실장님이 거절했잖아요."
"거절할 수도 있죠. 제안을 한 것뿐이니까."
"그러니까요! 당분간 같이 봐야 되는 얼굴들인데 마음이 편한 게 아니라 불편해진 거 같은데요? 그리고 처음부터 뜯어내려고 마음먹었다면서요! 그 뭐지? 씽크 트리! 거기 마지막에는 다 똑같다면서요."

태진의 제안에 이창진은 고민도 없이 거절을 했고, 말은 하지 않았지만 태진이 도와주지 않는다는 것에 대해 섭섭함을 드러내

보였다. 태진도 그 부분이 내심 신경 쓰이기는 했지만, 아무것도 못 할 정도는 아니었다. 일 차 목표는 플레이스가 성급하게 다가가지 않게 조언을 해 주는 것이었기에 할 건 다 한 셈이었다.

"스읍, 그냥 어떻게 설득하라고 말이라도 좀 해 주시지."
"거기까진 생각 안 했죠."
"어? 그런데 왜 그러셨어요?"
"그건 맡기면 생각해 봐야죠."
"와! 자신감 봐!"

태진은 가볍게 웃고는 말을 이었다.

"저 혼자였으면 그냥 같이 고민해 줬을 수도 있는데 혼자가 아니잖아요."
"네?"
"우리 같은 팀이잖아요. 제가 그냥 도와준다고 하면 업무가 늘어나잖아요. 솔직히 지금 하는 일도 벅찬데 여기서 더 늘어나면 안 될 거 같아서요. 만약에 얻는 거라도 있으면 괜찮은데 아무것도 없이 도와주기에 좀 미안해서요."
"저희한테요……?"
"그럼요."

국현은 감동을 받은 표정이었고, 대화를 듣고 있던 수잔도 마찬가지였다. 태진의 생각이 저렇게 깊은지 모르고 뻔뻔하다고 한 것에 미안해하는 모습이었다.

"그리고 같은 회사도 아니고 다른 회사인데 선을 좀 두는 게 좋을 거 같아서요. 권은희 부장님이라면 먼저 도와주셨을지도 모르지만 전 아직 그렇게는 안 될 거 같아서요."

"그렇죠. 그게 맞죠. 그렇죠, 수잔?"

"팀장님 결정이 맞는 거 같아요. 생각해 보니까 안타깝긴 해도 우리 일은 아니니까요. 끼어들기 시작하면 끝도 없으니까 지금이 딱 좋은 거 같아요."

방금까지 플레이스와의 관계를 걱정하던 두 사람이 이제는 태진의 의견에 적극 동참했다. 태진은 입술을 씰룩이고는 말을 이었다.

"플레이스에서도 정식으로 일을 맡기면 물어보기도 더 편할 거고, 우리도 더 열심히 하고 그럴 거 같아서 그런 거예요."

"네, 맞죠. 필요하면 부르겠죠! 맞습니다!"

"그리고 명색이 플레이스인데 정보까지만 줘도 알아서 잘할 거 같았어요."

"하긴! 플레이스인데."

한국에서 가장 많은 배우가 소속된 플레이스였기에 장터국밥과 정광영에 대한 정보를 준 것만으로도 충분히 해결할 수 있을 것 같았다.

*   *   *

신림의 한 골목에 차를 세워 둔 이창진은 연신 한숨을 뱉어 댔다. 함께 온 직원은 마치 죄인이라도 되는 듯 고개를 푹 숙인 채 이창진의 한숨에 맞춰 작게 숨을 뱉었다.

"승준아."

"네."

"다른 때 같았으면 네 잘못이라고 말하겠는데 권오혁은 누가 맡더라도 안 되는 거야. 그리고 넌 권오혁이 사라지면 끝까지 찾아서 뭐 한다고 계속 보고를 하잖아. 물론 이번에는 못 찾아서 이런 사달이 일어났지만 네가 책임질 문제는 아니야. 누가 맡더라도 생길 문제였어. 이건 네 잘못이 아니라 권오혁이 잘못한 거야."

"제가 맡은 일인데……."

"그러니까! 네가 아니라 내가 맡았어도 생길 일이라고! 자꾸 같은 말 하게 할래? 네가 그만두는 게 더 책임감이 없는 거야! 경력 있는 네가 그만두면 차질 생기는 거 알잖아. 그리고 너 뭐 먹고 살려고. 너 이제 아빠 된다며! 이거 웃긴 자식이야. 회사에는 책임감 있게 행동하겠다면서 가족한테는 책임감 따윈 필요 없는 거야?"

이창진은 말을 할수록 화가 나는지 목소리가 점점 올라갔다. 그럴수록 권오혁을 담당하던 승준의 고개는 떨어졌고, 그 모습을 본 이창진은 화를 삭이려 가슴을 쓸어내리며 말했다.

"회사한테 너무 충성하지 마. 다 먹고살자고 하는 짓인데 너부터 살아야 될 거 아니야. 애기 분유값이랑 기저귀값이 우스워 보여? 옛말에 기저귀값 벌려고 일한다는 말이 괜히 있는 게 아니야. 그러니까 그만둘 생각 하지 말고 딱 붙어 있어. 오히려 잘됐어. 권오혁 그 새끼 내치고 새로 맡으면 돼. 그러려고 온 거고."

"후……."

"그만 좀 해. 고개 좀 들고! 회사 사람들도 너 권오혁한테 엄청 시달린 거 다 알아. 다 아니까 이해해 줄 거야. 그러니까 그만 미안해하고 차라리 욕을 해. 따라 해 봐! 이 씹……."

막 욕을 하려 할 때 승준의 전화가 울렸고, 이창진은 단번에 누구인지 알 것 같았다.

"권오혁이지."

"네……."

"이 새끼는 왜 너한테 전화한 거야. 이리 줘."

전화를 넘겨받은 이창진은 곧바로 통화 버튼을 눌렀다. 그러자 가뜩이나 허스키한데 지금까지 잤는지 걸걸한 목소리가 들려왔다.

—야, 어디야. 너 이따위로 일 할 거야? 지금 내 얘기만 존나

나오고 있잖아.

"하아."

―하아? 이 새끼 봐라.

"말조심합시다. 나 이창진입니다."

신분을 밝히면 태도가 조금이라도 바뀔 거라고 생각했는데 권오혁은 전혀 그러지 않았다.

―이창진 실장? 잘됐네. 지금 뭐 하고 있는 겁니까?

"뭘 뭐 하고 있죠?"

―지금 인터넷에 내 얘기밖에 없잖아요.

"그럴 수밖에 없죠."

―뭐요?

"사고를 쳤으니까 기사가 나가는 건 당연하죠."

―그걸 막는 게 당신들 일이잖아.

"우리 일은 그런 게 아닌데요. 사고 친 걸 뒷수습하는 게 아니라 좀 더 편하게, 좀 더 발전할 수 있게 서포트해 주는 게 우리 일입니다."

―이런 식으로 나올 겁니까?

이창진은 헛웃음이 나왔다. 적반하장도 이런 적반하장이 없었다. 사과를 해도 모자랄 판에 요구를 하고 있었다. 말이 통하는 상대가 아니었다. 화가 한도를 넘어서다 보니 오히려 차분해졌다.

"방귀 뀐 놈이 성낸다고 그러더니, 아니지, 똥을 쌌지."

─뭐? 지금 뭐라고 그랬어.

"반말하지 마! 내가 너보다 3살 더 많아!"

─너 어디야.

"어디긴 이 새끼야. 너 대체할 대배우 만나러 왔지!"

─뭐? 너, 내가 가만히 안 있어.

"안 있으면 네가 뭐 어쩔 건데. 너 뭐 할 줄 아는 거 있어? 대가리에 든 것도 없는 새끼가."

옆에서 고개를 숙이고 있던 승준이 고개를 들고 거의 사색이 된 표정으로 이창진을 쳐다봤다. 항상 배우들에게 예의 있게 대해 주던 사람이었는데 지금은 아예 욕을 하며 싸움을 하고 있었다.

─뭐? 너 계속 그딴 식으로 나와라. 내가 계약이행 위반으로 다 고소한다. 두고 봐.

"해. 해. 꼭 해라. 기다릴게."

─너 오늘 회사에 있냐?

"왜 오려고? 나올 수 있으면 나와 보시든지."

─아오 씨! 이거 미쳤네.

권오혁은 이창진이 자신의 생각대로 나오지 않자 답답한지 연신 욕만 해 댔고, 그 욕을 듣던 이창진은 피식 웃으며 말했다.

"고소 꼭 해. 그리고 내가 준비하는 것도 기대하고. 사람이 생각이란 걸 하고 살아야 되는데 넌 사람이 아닌가 보다. 아무튼 승준이한테 전화하지 마. 전화만 해 봐!"

그 말을 끝으로 이창진은 전화를 끊어 버렸다. 그러고는 숨을 한 번에 크게 뱉더니 승준을 봤다.

"허우! 내가 그동안 이놈 저놈 다 만나 봤는데 이런 쓰레기는 처음 본다. 해도 해도 너무하네."

"그래도 욕은……."

"더 할 걸 그랬어! 그래도 속은 시원하네. 너도 시원하지?"

"그렇게 하셔도……."

"돼. 안 되는 게 어딨어. 뭐 지네만 사람이야. 우리도 사람이야. 사람대접을 해 줘야지 사람답게 대하지. 아무튼 이제 물 엎질렀으니까 못 주워 담어. 그리고 너도 같이 엎질렀으니까 회사 그만둘 생각 하지 마라."

"제가……."

"발뺌하려고? 너한테 전화 왔잖아!"

"아, 아니… 감사합니다."

승준은 약간 걱정이 됐다. 이창진은 겉으로는 마냥 좋은 사람처럼 보이지만, 알고 보면 마음먹은 일은 무조건 하는 사람이었다. 그런 사람이 한 경고를 무시할 수가 없었다. 물론 권오혁이 걱정되는 것은 아니었다. 그저 자신 때문에 괜한 일을 맡게 된 것이 미안했다. 그리고 미안함보다 끝까지 자신을 책임져 주려

하는 모습에 감사한 마음이 더 컸다. 승준은 감사의 눈빛으로 이창진을 봤고, 이창진은 그런 눈빛이 부담스러운지 손을 저으며 말을 뱉었다.

"감사는 무슨. 아오. 그러니까 지금 정광영이 꼭 잡아야 돼. 그래야지 권오혁 그 개자식이 초조해하는 거 볼 수 있잖아. 그나저나 정광영이는 왜 이렇게 안 와."

"그 정광영이라는 배우로 오혁이 형이……."

"형은 무슨. 그냥 그 새끼라고 해."

"그래도요. 아무튼 그 형은 그런 거에 신경 쓸 사람이 아닌데."

"이건 그냥 신경 긁는 거지. 권오혁이보다 우리한테 중요한 일이야. 권오혁은 뭐 걱정하지 마. 그딴 새끼 걱정할 시간도 아까워."

승준은 마음이 무거우면서도 속이 시원했는지 옅은 미소를 지은 채 입을 열었다.

"그럼 극단 연습실로 가는 게 좋지 않을까요?"

"안 돼."

"한 팀장님이 한 얘기 때문에요?"

"그래. 너도 오면서 들었겠지만, 사람 없을 때 얘기하는 게 제일 베스트지."

"그건 한 팀장님 판단 아니에요? 실장님은 일단 부딪쳐서 헤쳐 나가는 스타일이시잖아요."

"나도 그러려고 했는데 한 팀장이 그렇다면 그런 거야. 마음엔 안 들지만 틀린 말 하는 사람은 아니거든. 사실 아까 전화해 봤다."

"뭐라는데요?"

이창진은 쓴웃음을 뱉었다.

"전화로 하면 괜찮을 줄 알았는데 무슨 일로 만나자고 그러는 거냐고 꼬치꼬치 캐묻길래 언질을 좀 해 줬지. 그랬더니 아주 단호박이야. 이유라도 알면 되는데 이유도 말 안 해."

"그랬어요? 한 팀장이 제대로 봤나 본데요."

"그럼. 일은 참 잘해."

"이쪽 일 한 지 얼마 안 됐다면서요."

"그렇지. 그런데 얘기하다 보면 그렇지만도 않아. 꼭 내가 싫어하는 누구 같은 느낌이거든."

"MfB 곽이정 팀장이요?"

"그래! 어떨 때 보면 곽이정 같다니까? 어떨 때 보면 아니고! 막 도와주는 거 같다가도 아니고."

이창진은 태진을 생각하기 싫다는 듯 머리를 벅벅 긁었다. 어떤 사람인지 알 것 같다가도 어떨 때 보면 처음 보는 느낌이었기에 도무지 파악이 되지 않았다.

"아무튼! 일단 정광영이가 무슨 생각 하는지 들어 보면 알겠지."

그렇게 언제 올지도 모르는 정광영을 기다리기 시작했다. 기다리는 와중에도 회사에서는 연락이 계속 왔다. 전부 권오혁에 대한 얘기였고, 간혹 가다가 내일 있을 라이브 액팅에 관련된 연락도 섞여 있었다.

한참을 정광영을 기다릴 때, 또다시 회사에서 전화가 걸려 왔다. 보나마나 권오혁에 대한 얘기일 것이기에 인상을 찡그리며 전화를 받았다.

─실장님! 메시지 확인하세요! 권오혁 이 미친 새끼가 라이브 방송 했대요!

"뭐?"

─한번 보세요. 기사들 지금 또 엄청 나와요! 내려야 될지 말아야 될지 빨리 결정해야 될 거 같은데 언제 오세요?

"기다려 봐. 내가 보고 바로 연락할게."

이창진은 무슨 사고를 쳤는지 일단 알아야 수습을 할 수 있다는 생각에 서둘러 메시지로 온 링크를 클릭했다. 그러자 권오혁이 올린 영상이 나왔다.

"이 새끼 이거 가만있으라니까 뭔 짓거리를 하는 거야."

영상에는 검은색 정장을 입은 권오혁이 나와 있었다. 흔히 사고를 친 연예인이 사과를 한답시고 올리는 그런 영상으로, 딱 봐도 감성팔이를 하려는 것처럼 보였다. 문제는 이미 일이 커진 상태에서 이런 사과 영상은 불난 집에 부채질하는 것이나 다름없었다. 이창진은 짜증을 억누르며 영상을 클릭했다.

*   *   *

극장에는 마지막 팀인 All in의 연습이 거의 끝나 가고 있었다. 극단들마다 매일 순서가 바뀌어 가고 있었고, 아르바이트를 많이 하는 단원들 때문에 대부분이 마지막 타임을 선호했다. 그리고 다들 가장 많이 연습을 할 수 있는 마지막을 원했고, All in 역시 주어진 시간이 훌쩍 지나서야 마무리를 하는 중이었다.

"하암."

시간이 늦어져서인지 국현이 하품을 했고, 수잔 역시 반쯤 드러누워 있는 상태였다.

"먼저 들어가서도 돼요. 제가 마무리하는 거 보고 갈게요."
"에이! 아닙니다. 갈 거면 아까 갔죠. 어차피 집에 가서 할 것도 없고 내일 혼자 있으려면 팀장님 행동 열심히 관찰해야죠."

의욕이 넘치는 말에 태진은 가볍게 웃었다. 혼자 있어야 되는 것이 약간 걱정이 되기는 했지만, 국현이라면 돌발 상황도 잘 넘길 거라는 믿음이 있었다. 수잔도 같은 생각인지 피식 웃으며 말했다.

"국현 씨는 들뜨지만 않으면 돼요. 뭐 물어보려고 그러면 자
는 척해요."
"에이! 뭐 하러 자는 척해요. 종이 말아서 할 말 없다고 흔들
면 되는데. 걱정 마세요!"
"하여튼 대단해."
"그나저나 플레이스는 조용하네요."
"조용하긴요. 지금 권오혁 얘기만 어마어마한데. 원래는 구속
인데 귀가 조치 했다고 연예인이 무슨 국회의원이냐고 아주 난
리도 아니던데요."
"제 말은 그런 게 아니고 정광영 씨 얘기죠. 정광영 씨 만나러
가서 얘기가 잘되고 있어서 연락이 없는 건지 궁금해서 한 말이
에요."
"아! 그러네. 권은희 부장도 아까 일찍 가던데 얘기가 잘됐나."

대화를 듣던 태진도 궁금해졌다. 그렇다고 먼저 전화를 걸기
도 애매했다.

"정광영 씨 플레이스가 데려간다고 해도 기사는 안 나오겠
죠?"
"스흡, 음. 정광영 씨가 무명이나 다름없어서 기삿거리가 안 될
겁니다. 그걸로는 권오혁을 덮을 수가 없죠. 그리고 이제는 플레
이스가 막으려고 해도 막을 수가 없는 상태예요. 아마 플레이스

직원들 아주 비상일 거예요. 지금도 권오혁으로 실검 다 도배되고 있을걸요."

"내일도 문제겠네요."

"에이, 플레이스 얘기는 없잖아요. 그렇게 큰 문제는 없을 거예……."

국현이 말을 할 때, 갑자기 수잔이 급하게 똑바로 앉았다.

"어! 플레이스도 실검에 올라왔는데요! 뭐지? 플레이스에서 뭘 한 거지?"

"권오혁 소속사니까 올라올 수도 있죠."

"그런 게 아니라 지금 대부분이 플레이스예요! 확인해 봐요! 아! 이거구나! 이거 봐 보세요!"

수잔이 휴대폰을 내밀었고, 태진과 국현이 동시에 얼굴을 들이밀었다. 영상을 본 국현이 고개를 갸웃거리며 말했다.

"어, 이거 권오혁이 사과 영상 올렸나 본데요? 플레이스에서 이거 올리라고 시켰나? 그래서 실검에 올랐고? 좀 이해 안 되네. 침몰하는 배에서 끄집어내겠다는 것도 아니고."

"저도 좀 이상해 보이네요."

"그렇죠?"

"정광영 씨 만나러 갔는데 이런 영상이 올라오는 게요. 정광영 씨를 포기한 건가."

"아! 그렇네요! 얘기가 잘 안 되서 그런 건가?"

"일단 봐 보죠."

태진은 고개를 갸웃거리며 영상을 봤다. 영상에는 검은색 정장을 입은 권오혁이 평소 보이지 않던 양손을 모은 공손한 자세로 서 있었다. 그 상태로 90도 인사로 영상이 시작되었다.

─안녕하세요. 권오혁입니다. 먼저 팬 여러분에게 실망을 끼쳐드린 점 사과드립니다. 저는 어제 19일 오후 11시 경 음주 운전으로 단속되었고, 간단한 조사를 받고 귀가했습니다.

이미 큰 사고를 친 탓에 의미없겠지만, 통상적인 사고를 친 연예인의 사과 영상이었다. 그러다 보니 왜 이런 영상을 올리는 건지 더욱 의아했다.

'정말 플레이스에서 시킨 건가……?'

국현과 수잔의 반응도 비슷했다. 이해가 되지 않는 표정이었다. 그때, 권오혁의 말이 이어졌다.

─출연 예정이었던 작품의 리딩이 끝나고 간단한 회식이 있었습니다. 그래서는 안 됐지만, 매니저가 기다려야 하는 게 안쓰러워 먼저 보낸 것이 실수였습니다. 물의를 일으킨 점 다시 한번 사과드립니다. 그리고 소속사에서 지시한 대로 조사를 마치고 귀가를 했

고, 22일 출두해서 다시 조사를 받게 될 예정입니다.

동시에 이상한 점을 느꼈는지 태진과 두 사람이 서로를 쳐다 봤다.

"플레이스에서도 몰랐잖아요. 맞죠?"
"스흡, 이거 이거 수상한데… 누구 말이 맞는 거지."
"당연히 플레이스 말이 맞죠. 그러니까 발바닥 부리나케 뛰어 다니겠죠."

태진은 왜 실시간검색어에 플레이스의 이름이 올라온 것인지 이해되었다. 이건 누가 보더라도 플레이스에서 힘을 써서 권오혁 을 귀가 조치 하게 만든 상황처럼 보이는 영상이었다.

"스흡, 팀장님은 어떻게 보세요?"
"이 사람이 거짓말하는 거 같아요. 권은희 부장님이 우리를 속이고 저런 일을 했을 거란 생각은 안 들어요."
"아, 그렇지. 이 실장님이면 모를까 권은희 부장님도 놀래서 갔었지. 그럼 권오혁이가 지금 쇼하고 있다는 건데."

그 뒤로도 권오혁은 소속사를 언급하며 플레이스에게 도움을 받았다는 듯한 말을 했다. 그렇게 한참이나 영상이 계속되었고, 끝날 무렵에도 다시 플레이스의 이름이 나왔다.

—사회적으로 물의를 일으킨 점 진심으로 사과드립니다. 더불어 저를 좋아해 주신 팬분들에게도 죄송합니다. 그리고… 제가 몸담고 있는 소속사분들에게도 죄송하고… 감사합니다. 언제가 될지 모르겠지만, 반성하고 좋은 모습으로 찾아뵙겠습니다.

　영상을 다 본 태진은 숨을 크게 뱉었다. 영상을 보면 볼수록 헷갈렸다. 플레이스 소속이 아니다 보니 어떻게 돌아가는지 알 수가 없었다. 권은희가 그러지 않을 거라는 걸 알지만, 내부 사정을 숨기기 위해 자신까지도 속였을 수도 있다는 생각도 들었다.

　"뭘까요."
　"뭐긴요. 감사하다고까지 하는 거 보면 우리한테까지 숨긴 거죠. 하여간 믿을 놈 하나 없다더니."
　"그게 맞겠죠?"
　"그렇죠. 권오혁한테 지금 믿을 건 소속사밖에 없으니까 저러는 거죠. 근데 생각이 없어. 저기서 플레이스 언급하면 같이 죽자는 건데. 아니지! 플레이스에서 일부러 방향을 튼 건가. 자기들이 총대를 메려고?"
　"이상하다."

　그때, 태진의 휴대폰이 울렸다. 다름 아닌 정광영을 만나러 갔던 이창진이었고, 태진은 의심이 가득한 눈초리로 통화 버튼을 눌렀다. 그런데 들려오는 이창진의 목소리가 평소와 달랐다. 이 정도로 격양되어 있는 목소리는 처음이었다.

—아, 한태진 팀장님!

"네."

—일 좀 맡깁시다!

"네?"

—정광영! 맡긴다고요!

정광영을 포기한 것이 아니었다.

"얘기가 잘 안 되셨어요?"

—얘기는 무슨! 만나 보지도 못했는데! 우리 지금 사람이 없어서 내가 이러고 있을 시간이 없어요. 그러니까 일 좀 맡기겠다고요. 아! 미안해요. 내가 지금 너무 화가 나서 목소리가 좀 커졌습니다.

"괜찮아요."

—권오혁 이 개새끼… 하아.

곽이정과 비슷하다고 인정한 이창진이 이렇게 화를 내는 걸 보니 사과 영상은 플레이스와는 상관이 없는 일 같았다. 좀 더 자세히 듣고 싶었지만, 차마 물어볼 수는 없었기에 태진은 가만히 이창진의 말을 기다렸다. 그때, 이창진이 거친 한숨과 함께 입을 열었다.

—권오혁이 또 사고 쳐서 그거 수습해야 돼서 그래요. 그러니

까 좀 도와주세요. 일단 회사 들어가면 우리가 신인들 계약하는 거에 맞춰서 계약서를 보낼게요. 정광영 씨가 스크린에서는 신인급이잖아요. 아무튼 그렇게 진행 좀 부탁드려요. 가능하시죠? 언제부터 가능해요?

"일단 회사에 보고를 하고 승인을 받아야 돼서요. 최대한 빠르게 진행하겠습니다."

—알았어요. 자세한 얘기는 내일 하고.

"내일은 제가 라이브 액팅 촬영장 가야 해서요. 저녁에나 뵐 수 있을 거 같은데요."

—나도 가죠! 아무튼 내일 봐요!

통화를 마친 태진은 곧바로 자리에서 일어나며 양옆을 쳐다봤다.

"아무래도 권오혁하고 플레이스하고 관계가 틀어진 거 같아요."

"네?"

"저 영상도 권오혁이 마음대로 올린 거 같고요. 무슨 문제가 있는 거 같아요."

"어… 그러면 물귀신이라도 되겠다는 건가… 같이 죽자고?"

"그건 모르겠고요. 아무튼 퇴근들 하세요."

"팀장님은 어디 가시는데요."

"전 정광영 씨 좀 만나 보려고요. 우리한테 맡긴대요."

"진짜요? 정광영 씨 섭외하려는 거 보면 권오혁하고는 진짜 틀어진 건가 보네! 그런데 지금 정광영 씨 만나서 뭐 하시려고요. 플레이스에서 원하는 계약 조건도 안 들어 봤잖아요."

"일단 좀 계약할 의사가 있는지 알아보려고요. 지금쯤이면 연습 끝나고 집에 갔을 거 같아서요. 아! 회사에서도 일 맡겠다고 하면 수락하겠죠?"

"하겠죠. 우리가 에이전트 회사니까 이것도 우리 일이잖아요."

"알겠어요. 보고는 내일 이창진 실장님 만난 다음에 하는 걸로 하고 먼저 가 볼게요."

태진이 일어남과 동시에 수잔과 국현도 따라 일어났다.

"같이 가세요!"

"먼저 가셔도 돼요. 대화 좀 해 보려고 그러는 거라서요."

"에이! 가면 쓰고 가시려고요? 옷도 갈아입고! 가면도 벗고 그러고 가야죠!"

"아."

태진은 가볍게 웃으며 고개를 끄덕거렸고, 수잔과 국현이 그런 태진의 뒤를 따라붙었다.

*　　　　　*　　　　　*

태진은 정광영의 집까지 찾아가 결국 만날 수 있었다. 정광영은 늦은 시간이었지만 예상대로 늦게까지 연습을 해서인지 옷도 안 갈아입은 상태였다. 타이밍은 딱 맞아떨어졌는데 문제가 약간 있었다. 같이 사는 친구이자 장터국밥의 단장과 함께 자리를 했고, 가면을 벗은 태진을 경계한다는 것이 문제였다. 그러다 보니 대화가 좀처럼 진행되지 않고 같은 자리를 맴도는 기분이었다. 게다가 정광영이 잡은 장소가 편의점 앞 테이블이다 보니 지나가는 사람들이 많은 것도 신경 쓰였다. 게다가 정광영의 반응도 문제였다.

"도대체 하루 종일 왜 이러시지. 아까 낮에도 계속 전화 오고 화장실 앞에서 기다리질 않나. 하루 종일 충분히 거절 의사를 밝혔는데 집 앞까지 찾아오는 건 좀 아니지 않나요?"

플레이스에서 그냥 맡긴 것이 아닌 듯했다. 해 보고 안 되기도 했고 권오혁 때문에 일손이 부족하기도 했기에 맡기려는 것 같았다. 아예 처음부터 일을 맡겼으면 얘기를 꺼내기 수월했을 텐데 플레이스에서 이미 건드려 놓아서인지 무척 부정적이었다.

"도대체 제 뭘 보고요? 플레이스에서도 연습하는 거 한 번도 안 본 사람들인데. 그리고 팀장님이라고 하셨죠? 팀장님도 제가 하는 연기를 못 보셨던 거 같은데. 처음에 잠깐 오시고 안 오시지 않으셨어요?"
"옆에 계신 두 분하고 가면 선생님한테 들었습니다."
"그래요? 이상하네. 칭찬이라고는 들어 본 적이 없는데. 아무튼 난 어디 소속되고 그럴 생각 없어요. 그리고 내 연기가 아니라 권오혁 대타라는 게 더 싫은데요."

"대타가 아니고 비슷한 느낌의 연기자를 찾고 있는 겁니다. 정광영 배우님이 부합된다고 판단해서 의견을 듣고 싶은 거고요."

"좋게 포장한 것뿐이지 그게 그거잖아요. 그리고 아시다시피 지금 하는 연극도 있어서 지금은 연극에만 집중하고 싶습니다. 아무튼 좋게 봐주셔서 감사한데 생각 없습니다. 그럼 서로 시간 낭비하지 말고 일어나죠."

더 이상 붙잡고 있어 봤자 같은 말만 반복될 것이기에 태진도 수긍했다. 그렇게 정광영과 단장이 자리를 떠났고, 어차피 정광영의 집 앞 편의점이다 보니 집에 들어가는 모습까지 지켜봤다. 편의점 테이블에 남아 그 모습을 보던 태진은 숨을 크게 들이마셨다.

"예상했는데 엄청 단호하네요."

"그러게요! 연기처럼 성격도 엄청 까칠하네. 연습실에서 볼 때랑 다른데요? 이거 권오혁 같은 거 아닌가 모르겠네."

"그건 아닐 거예요. 말은 직설적이지만 끝까지 예의는 지켜 주시잖아요."

"그럼 다행인데. 그런데 플레이스는 왜 건드려 놨어. 아, 진짜 일을 어떻게 하는 거야. 휴우, 그나저나 어떻게 꼬셔야 될까요?"

태진도 머리가 복잡했다. 만약 원하는 것이 있다면 표정에 드러났을 텐데 정광영은 진심으로 거절하고 있다는 것이 문제였다. 때문에 여기서 무슨 제안을 하더라도 먹힐 것 같지 않은 느낌이었다. 만약에 어마어마한 계약금을 준다면 혹시라도 모르겠지만, 플레이스에서 그럴 것 같지도 않았다. 그때, 정광영의 집에서 사람이 나왔다. 다름 아닌 자리에 함께 있던 단장이었다.

"잠깐만요!"

제5장

—

리액 최종 미션

장터국밥 단장이 급하게 달려왔다. 그러고는 태진에게 잠깐 기다리라고 손짓하더니 편의점으로 쏙 들어가 버렸다. 태진과 수잔, 국현 세 사람 모두 무슨 상황인지 의아해할 때, 단장이 맥주를 든 채 밖으로 나왔다.

"죄송합니다. 맥주 사 온다고 나온 거라서요. 혹시 까먹을까 봐서 미리 사 둔 거예요."
"아, 네……."
"빨리 들어가야 되니까 간단하게 얘기할게요."

단장은 자신의 집을 힐끔 쳐다본 뒤 말을 이었다.

"광영이 섭외하려는 곳이 진짜 플레이스 맞죠?"

"네, 맞아요."

"진짜 광영이한테 관심 있는 거 맞죠?"

"네, 진짜예요."

"그럼 꼭 좀 데려가 주세요."

단장은 마치 말하면 안 되는 걸 말하는 사람처럼 불안해하며 다시 집을 쳐다봤다.

"무슨 이유라도 있으세요?"

"아, 그게. 아, 모르겠다. 광영이가 지금 다른 애들 앞길도 막고 있어요. 애들이 좀 살려면 광영이가 어디 회사 들어가야 돼요."

태진은 순간 혼란스러웠다. 그동안 연습을 지켜본 바로는 극단에 대한 애정이 굉장한 사람처럼 보였는데 단장의 말을 듣자 무슨 문제가 있는 것처럼 느껴졌다. 권오혁 사건이 있었기에 정광영도 그런 사람이 아닐까 하는 생각부터 들었다. 확인이 필요했기에 태진은 떠볼 생각 없이 직설적으로 물었다.

"혹시 정광영 씨가 군기 잡고 그래요?"

"군기요? 군대도 아니고 무슨 군기요. 그런 애 아니에요."

"그럼……."

"그런 게 아니라 광영이한테는 우리 장국이 전부예요. 가장 우선순위가 장국이에요. 사실 단장은 제가 맡고 있기는 하지만 실질적으로는 광영이가 이끄는 거나 다름없어요. 궂은일은 다 도맡아 하고 심지어는 애들한테 손 안 벌리고 사비로 연출가 데려오고 막 그런 친구예요."

"아."

"진짜 좋은 녀석인데… 문제는 너무 좋은 게 문제예요. 우리 단원들이 잘 안 바뀌거든요. 그것도 전부 광영이가 나서서 그래요. 단원들 중에 힘든 일 있으면 자기 일처럼 맡아서 해 주거든요. 돈 없어서 힘들어하면 빌려 와서라도 도와주고 그래요. 우리 단원들 중에 광영이한테 도움 안 받아 본 사람이 한 명도 없을 정도예요."

태진은 일단 권오혁 같은 사람이 아니라는 점에 안도감이 들었다. 다만 극단에 삶을 쏟아붓는 것이 미련해 보이기는 했다. 그리고 이렇게 극단밖에 모르는 사람이라면 섭외하기가 더 힘들 것 같다는 생각이 들었다.

"그럼 앞길 막는다는 말은 무슨 말이에요?"

"정확히 말하면 제가 보기에 그래요. 애들이 다른 일을 하고 싶어도 아마도 인생의 은인을 배신하는 거 같은 느낌? 그렇게 느끼고 있을 거예요. 그러니까 오디션 같은 걸 보고 싶어도 광영이 눈치 보여서 못 하고 있죠. 맨날 광영이가 장국 장국거리면서 다니는데 자기만 다른 길 가겠다고 어떻게 말해요."

"아."

"그러니까 광영이가 회사랑 계약하면 애들도 마음 편하게 지 들 일길 찾겠죠. 물론 처음에는 광영이가 회사 들어간 거에 섭섭해할 거예요. 그런데 그건 잠깐이에요. 제가 보기에는 스크린 연기를 하더라도 광영이한테는 우리 장국이 1순위일 거예요. 아마 출연료 같은 거 전부 쏟아붓겠죠."

"장국도 많이 힘든가요?"

"우리 같은 인지도 없는 극단은 전부 힘들죠. 이번에 연극이 사람들한테 관심을 받는다고 해도 그건 잠깐일 거거든요. 물론 전보다는 나아지겠죠. 그래도 힘든 건 변함없겠죠. 그래서 광영이 좀 데려가라고 말씀드리는 겁니다. 일단 광영이가 빠져야 애들도 눈치 안 보고 지 하고 싶은 거 하고 살 거 아니에요."

"말을 해 보지 그러셨어요."

"장국을 살리겠다고 자신의 모든 걸 쏟아붓고 있는 사람한테 잘못됐다고 어떻게 말을 해요. 그리고 보기보다 좀 소심해서 그런 거에 상처받는 스타일이거든요."

"정광영 씨가요?"

"보기에만 세 보이지 어휴. 아무튼 잘 좀 부탁드려요. 전 이만 가 볼게요. 안 오면 찾으러 나올 거 같아서요."

단장은 인사를 하고는 곧바로 집으로 뛰어 들어갔고, 편의점에 남은 태진은 한숨을 크게 뱉었다.

"생각보다 더 어렵겠는데요?"

"스흡, 사람이 뭐 그래. 미련해도 너무 미련한데요?"

"수잔은 좋은 생각 있어요?"

"아직이요. 지금 들어서는 평소에는 엄청 좋은 상사인데 회식할 땐 끝까지 가는 그런 느낌? 남들은 집에 가고 싶은데 아무도 집에 못 가게. 그러면서 자기처럼 좋아한다고 생각하는 그런 사람 있잖아요."

"누가 그래요?"

"스미스 팀장님이요. 그 정도로 과하진 않지만 비슷해요. 회식 엄청 좋아하거든요."

"아."

태진은 가볍게 웃고는 고개를 돌려 정광영의 집을 쳐다봤다. 어떻게 시작해야 할지 감이 잡히지 않았다.

"일단 오늘은 가시죠. 내일 촬영장 가시고 하셔야 되니까."

"네, 그러죠."

태진은 복잡한 마음을 뒤로하고 걸음을 옮겼다.

*　　　　*　　　　*

다음 날. 수잔과 함께 ETV의 스튜디오에 도착한 태진은 약간 당황스러웠다. 수많은 사람들이 입구 근처를 서성이고 있었다.

"저기 다 기자들인데요? 이상하네. 팀장님, 여기 촬영 못 하는 거 아니에요?"

"저도 그렇게 알고 있어요."

"그죠? 전부 보도 자료 받아서 기사 내거나 따로 인터뷰하고 그러잖아요. 팀장님 출입증 없었으면 앞에서 걸렸겠는데요. 팀 장님도 뉴스까지 나온 유명 인사잖아요."

"설마요. 그리고 아마 저긴 플레이스 때문일 거 같아요."

"아… 권오혁. 그래도 ETV 대단하네. 어떻게 기자들 잘 걸러 냈네요. 그래도 안에 들어온 사람 분명히 있을 건데. 그런데 좀 이상하죠?"

"뭐가요?"

"플레이스에서 뭐 하려고 그러는지 조용하잖아요. 폭풍 전 고 요 이런 건가?"

"아마 이창진 실장님이라면 가만있진 않을 거 같아요. 회사에 서도 이창진 실장님이 맡긴다니까 긍정적이었잖아요."

"하긴. 그래도 우선 조건을 들어 봐야 확실해지겠죠?"

"그렇겠죠. 일단 들어가죠."

안으로 들어가자 촬영 준비 때문인지 복도까지 시끄러운 소리 가 들려왔다. 그 소리를 들으며 태진은 걸음을 옮겼고, 먼저 향 한 곳은 MfB였다. 반겨 주지 않을 걸 알지만 같은 회사 소속이 다 보니 먼저 찾은 것이었다.

MfB 스태프 대기실 앞에 선 태진은 가볍게 숨을 들이마시며 노크를 하고는 문을 열었다. 당연히 1팀원들이 자리하고 있었고, 예상한 대로 반겨 주는 얼굴들이 아니었다. 자신이야 익숙했지만, 수잔까지 저런 눈빛을 받게 만든 것이 미안했다. 인사도 마쳤고, 빨리 나가는 편이 나을 것 같았기에 나가려 할 때, 곽이정이 웃는 모습이 보였다.

"태진 씨도 왔군요. 정만 군과 희애 씨한테 큰 응원이 될 겁니다."
"아, 네."

혼자만 반겨 주는 모습에 경계부터 되었다. 곽이정이 저럴 사람이 아니다 보니 저렇게 반겨 주는 데에는 분명 이유가 있을 것이었다.

'저번에도 그러더니 오늘도 이러네.'

얼마 전 가면맨으로 라이브 액팅에 출연했을 때도 그랬다. 자신을 속였다는 것을 알았으면서도 뭔가 기분이 좋아 보였는데 지금도 비슷했다.

"마침 잘 오셨네요. 이럴 게 아니라 일 좀 도와주시죠."
"네?"
"지원 팀에 요청하는 겁니다. 어려운 건 아니고 정만 군 부모님과 희애 씨 부모님 좀 안내해 달라는 겁니다. 인터뷰도 있으니까 간단한 안내만 해 주면 됩니다."
"좀 곤란한데요. 제가 회사 일을 하고 있어서요."

"무슨 일인데요?"

"그건 지금 말씀드리긴 어렵습니다."

"그래요? 두 시간 뒤에 오실 건데 안 될까요? 우리 철진 씨도 같이 있을 거라서 어렵진 않을겁니다."

태진은 속으로 웃음을 삼켰다. 웃음을 보이며 대화를 할 정도로 좋은 관계도 아닌 데다가 이런 부탁을 할 사람이 아니다 보니 뭔가 수작을 부린다는 생각밖에 들지 않았다.

'곽이정이라면… 그렇네.'

하도 곽이정처럼 생각해서인지 무슨 생각으로 부탁을 한 건지 어렴풋이 알 것 같았다. 태진은 가볍게 웃고는 곽이정을 봤다. 전에는 무슨 수작을 부릴지 몰라 대화하기도 꺼려졌던 사람인데 이제는 속내가 훤히 보이는 느낌이었다.

"알겠습니다. 두 시간 뒤에 연락드릴게요."

"그래요. 도와줄 줄 알았습니다. 고마워요."

어색한 인사를 받은 태진은 웃으며 대기실을 나왔다. 그러고는 아무 일도 없었던 사람처럼 걸음을 옮겼다. 이창진을 만나기 전 정만과 희애를 응원해 줄 생각이었다.

"팀장님!"

"네?"

"곽이정 팀장 좀 불쾌하죠."

"왜요?"

"사람 좋은 척하잖아요. 그동안 괴롭힌 거 뻔히 아는데."

"원래 그런 사람이에요."

"그런데 부탁을 뭐 하러 수락하셨어요. 싫다고 하지."

"그냥요."

"뭘 그냥이에요. 우리 플레이스도 만나고 해야 되는데."

"어차피 정만 씨랑 희애 씨 나오는 거 봐야 하잖아요."

"으휴, 사람이 너무 좋다니까. 나 같으면 못 들은 척했을 건데."

수잔의 생각과 달리 다른 생각을 하고 있던 태진은 대답도 하지 않고 걸음을 옮겼다. 어느덧 정만과 희애의 대기실에 도착했고, 이번에는 노크를 한 뒤 잠시 기다렸다. 잠시 뒤 문이 열리며 익숙한 얼굴이 보였다.

"팀장님!"

"이주 씨도 여기 계셨어요?"

"그럼요! 들어오세요."

대기실로 들어가자 정만과 희애를 비롯해 필과 새로운 통역사까지 자리하고 있었다. 필은 올 줄 알았다는 듯 미소를 지은 채 정만과 희애에게 먼저 인사를 하라고 양보하는 손짓을 했고, 태진은 그에 화답하듯 입술을 씰룩이고는 정만과 희애에게 인사했다.

"둘 다 멋있네요."
"형! 이제 괜찮으세요?"
"팀장님! 봐! 무리해서라도 오실 줄 알았다니까!"

건강하다는 뉴스까지 나왔음에도 태진의 건강 걱정부터 하는 두 사람이었다.

"난 괜찮아요. 그런데 둘 다 긴장 안 되는 것처럼 보이네요."
"아까는 엄청 긴장했는데 이주 쌤이 긴장 풀어 주셔서요."

채이주는 별것 아니라는 듯 어깨를 으쓱거리며 웃었다.

"어차피 무대에서 연기하는 것도 아니잖아요. 이미 다 찍어 놓은 상태인데 긴장해 봤자 아무 소용 없는 거라서 긴장하지 말라고 했죠. 그냥 현장 얘기도 해 주고 그러면서."
"촬영은 잘했고요?"
"저요? 아니면 여기 두 사람이요?"
"이주 씨는 잘하고 있는 거 매일 들으니까요."
"이제 너무 놓아 주신다! 아무튼 두 사람도 진짜 잘했어요. 내가 보기에는 공동 우승! 그리고 사실 우승 안 하는 게 더 좋아. 내가 좀 전에 말했죠? 괜히 타이틀 갖고 있으면 부담감만 되고! 그러니까 결과에 너무 연연하지 말기!"

라이브 액팅 특성상 실시간으로 연기를 보이기는 힘들었다. 그렇기에 이미 두 가지 미션으로 영상을 촬영했고, 두 영상에 대한 반응을 태진도 대략 알고 있었다. 아직 결과가 나오지 않았지만 정만이 우승할 가능성이 높다는 평가였다. 반면 희애는 썩 좋은 반응은 아니었는데 이주는 그런 희애를 위해 격려 삼아 말을 해 준 것 같았다. 라이브 액팅을 통해 정만과 희애만 발전한 게 아니라 이주도 많은 발전을 한 것처럼 보였다. 그때, 리허설 때문에 채이주와 정만, 희애까지 호출됐다. 세 사람은 태진과의 만남에 대한 아쉬움을 뒤로하고 무대로 갔다.

"아! 동건 씨랑 선영 씨도 저기 대기실에 있는데!"
"아? 그래요?"
"나중에 시간 되면 들러요. 반가워할 거예요!"

탈락했던 참가자들까지 와 있는 모양이었다. 채이주는 그 말을 끝으로 서둘러 대기실을 나섰다. 그제야 필이 웃으며 다가왔다. 마지막 촬영이어서인지 얼마 전 만났을 때보다 얼굴이 좋아 보였다.

"후련하신가 봐요."
"후련하죠. 이제 끝인데."
"정만 씨랑 희애 씨 들으면 섭섭하겠어요."
"섭섭하긴요. 두 사람한테 내가 필요가 없어진 거면 잘된 건데."

필과 대화를 이어 나가려 할 때, 갑자기 전화가 걸려 왔다. 다름 아닌 이창진이었기에 아쉽지만 필과의 대화는 나중으로 미뤄야 할 듯했다. 그러자 필이 웃으며 가 보라는 손짓을 했다.

"이틀 뒤 시간 돼요? 저녁이나 했으면 하는데."
"아! 시간 한번 맞춰 볼게요."
"오케이. 안 되면 어쩔 수 없고."

따로 식사를 하자고 한 적이 없기에 연극 준비로 바빴음에도 거절할 수가 없었다. 그렇게 태진은 필과의 짧은 인사를 끝으로 전화를 받으며 대기실을 나섰다.

—어디예요! 우리 대기실 말고 3층 휴게실로 오세요!
"네?"
—어떻게 들어왔는지 기자들이 자꾸 기웃거려서! 아오! 아무튼 빨리 와요.

급하게 들리는 이창진의 목소리에 태진은 서둘러 3층으로 향했다.

*　　　　　*　　　　　*

태진은 플레이스의 계약서를 꼼꼼히 읽은 뒤 내려놓았다. 전

속 계약서는 처음이었지만, 기존에 봤던 계약서들과 크게 다른 것은 없었다. 오히려 신인임에도 대우를 해 주는 것 같은 계약서였다. 같이 읽던 수잔도 큰 이상이 없어 보이는지 고개를 끄덕이고 있었다. 그런 수잔이 앞에 이창진이 있음에도 갑자기 손을 태진의 귀에 대고 속삭였다.

"이 정도면 조건은 엄청 좋은데요. 보통 뭉뚱그려서 분배하는데 여기는 작품, 광고 이런 거 다 나뉘어 있네요. 그런데 완전 혹할 거 같진 않은데요……?"

정광영이 너무 단호하게 거절한 탓에 이 정도로는 부족한 느낌이었다. 사실 이것보다 더 좋은 조건이라도 안 할 수도 있다는 생각이 들었다. 태진은 난감한 상황에 입술을 살짝 깨물고는 이창진에게 물었다.

"조건은 이게 다죠?"
"뭐가 더 있어야 돼요? 이거 우리 신인급 배우 계약 매뉴얼인데. 이 정도면 업계 최고 대우예요. 아시잖아요."
"그런 거 같아요."
"왜요. 부족해 보여요?"

쉽게 판단이 서지 않은 탓에 뭐라 대답하기가 어려웠다. 그때, 수잔이 조심스럽게 입을 열었다.

"계약금은 신인이라 없는 거죠?"

"아, 계약금. 우리가 급해서 그 얘기를 빼 놨네. 원래 신인은 계약금 상정 안 하는데 정광영 씨는 연극 활동을 해서 계약금을 줘야죠. 물론 우리 오디션을 통과부터 하고서긴 하지만."

"무조건 계약은 아니라는 소리네요?"

"그렇죠. 그냥 계약하는 데가 어딨어요. 먼저 MfB에서 저희가 보내는 시나리오대로 연기를 한 영상부터 보내 주시고 통과가 되면 이렇게 계약하겠다는 말이죠."

태진은 순간 헛웃음을 삼켰다. 오디션은 당연한 얘기였지만, 이창진의 표정으로 보아 분명히 일부러 말하지 않았을 것이다. 권오혁 때문에 정신이 없는 와중에도 뭘 더 가져가겠다고 수작을 부리는 걸 보니 어이가 없었다. 상황이 상황인 탓에 정신없을 거라고 생각하고 마음을 놓았던 게 실수였다. 태진은 분위기를 바꾸려고 이마를 한 번 쓰다듬고는 이창진을 쳐다봤다.

"계약금은 어느 정도 선이죠?"

"이천. 아직 보고는 안 했지만, 내 선에서 처리할 수 있는 금액은 5년에 이천만 원이 최고입니다."

태진은 이창진을 가만히 쳐다본 뒤 고개를 저었다.

"너무 적은데요. 그러면 어렵죠."

"그러니까 MfB에 맡기는 거죠."

뭔가 숨기는 느낌에 태진은 약간 섭섭하기까지 했다. 태진은 계약서를 이창진에게 밀어낸 뒤 고개를 저었다.

"실장님, 지금 저희도 최선을 다하려고 하는 중입니다. 그러니까 준비한 걸 솔직하게 얘기해 주시는 게 어떨까요? 지금 시간 별로 없으시잖아요."

표정이 없는 태진의 표정 때문인지 이창진은 굉장히 머쓱해하며 입을 열었다.

"이천으로 계약하실 거 같아서 말한 거예요. 그러니까 원래는 삼천이겠죠? 그래야 MfB도 남는 천만 원에서 떼어 가실 테니까. 하하, 그 부분까지 생각한 겁니다."

에이전트 특성상 계약 대행을 해 주고 수수료를 챙기는 것으로 수입을 만드는 형태였다. 이창진은 그 부분을 말했고, 태진은 어렵게나마 답을 들은 것으로 만족해야 했다.

"그러니까 계약금 맥시멈이 삼천만 원이네요."
"더 이상은 힘들어요. 그것도 제 자리를 걸고 줄 수 있는 최고 금액이에요. 만약에 권오혁 일만 없었으면 계약금은 생각도 안 했죠. 물론 MfB에서는 만족스럽지 못한 금액이겠지만, 신인들 계약이 대부분 그렇잖아요. 계약금 주는 게 오히려 드물고.

게다가 MfB에 의뢰비도 따로 드릴 거고, 거기에 계약금에서 남는 금액 수수료로 떼어 가실 건데 그러면 어느 정도 괜찮다고 보는데요."

태진이 그제야 알았다는 듯이 고개를 끄덕였고, 수잔이 다시 한번 속삭였다.

"금액이 적어서 아마 수수료 40% 잡힐걸요."
"그렇게 많아요?"
"안 많죠. 삼천에서 이천에 계약하면 우리는 400 받는 건데요. 금액이 세질수록 수수료가 줄어들긴 하는데 지금은 계약금 자체가 좀 적어서 어쩔 수 없어요."

사실 계약금 삼천만 원을 모두 준다고 하더라도 정광영이 어떤 선택을 내릴지는 알 수가 없었다. 그래도 일단은 내밀 수 있는 카드가 더 생겼다는 점에 만족하며 고개를 끄덕거렸다.

"그럼 이대로 보고를 하고 바로 알려 드리겠습니다."
"또 보고. 그놈의 보고. 우리도 그렇고 뭔 보고가 그렇게 많은지. 그렇죠? 아무튼 진짜 잘 부탁해요."
"네, 최선을 다하겠습니다."

태진은 자료를 챙겨 들고 자리에서 일어났다. 그렇게 태진이 휴게실을 나서자 이창진은 뭔가 후련하다는 듯 기지개를 펴며 한숨을 뱉었다. 그러자 팀원이 엄지를 치켜세우며 다가왔다.

"와, 대단하세요."

"뭘 대단해?"

"팀장님이 오천 책정하셨잖아요. 처음에는 너무 후려치려는 거 같아서 걱정했는데!"

"후려치긴 뭘 후려쳐. 신인한테 계약금 주는 것도 아까워 죽겠고만. 권오혁만 아니었으면 우리가 직접 계약하지. 아니지, 권오혁이 사고 안 쳤으면 계약할 필요도 없지."

"정광영 찾아가서 다 허탕이었잖아요."

"하루 이틀 해서 되냐. 귀찮게 쫓아다니면 다 되게 돼 있어. 지금은 우리가 일손이 없고 급하니까 맡기는 거지."

"그건 그렇네요. 그런데 MfB가 나중에 문제 삼지 않을까요?"

"무슨 문제를 삼아. 이미 거래를 했는데. 그리고 MfB도 분명히 이천 정도로 계약할 거란 말이야. 그럼 자기네들도 얻는 거 있으니까 괜찮은 거래지. 우리는 인력 아껴 시간 아껴, MfB는 돈 벌어. 이럼 된 거지."

이창진은 만족스러운 거래에 다시 한번 기지개를 켰다.

＊   ＊   ＊

보고를 받은 회사에서 연락이 왔다.

"팀장님 진행해도 된다네요. 돈이 얼마 안 돼서 그런가 크게 신경 안 쓰는 분위기네요. 이제 어떻게 하실 거예요?"

"생각해 봐야죠."

"계약금 준다고 하면 하겠죠? 생활이 어려운데 그 정도 금액이면 목돈이니까. 그런데 전 왜 좀 불안하죠?"

"저도 좀 그래요. 안 한다고 할 거 같기도 하고. 일단 지금은 촬영 보고 가서 생각하죠."

마침 태진의 휴대폰이 울렸다. 1팀에 있을 때 번호를 저장했던 이철진이었다.

─지금 오신다니까 스튜디오 건물 앞으로 나오세요.

"네, 알겠습니다."

아직까지 태진이 팀장이라는 것이 못마땅한지 호칭도 없었고, 강압적으로 들리는 말만 하고 전화를 끊었다. 이런 건 좀처럼 익숙해지지가 않았다. 팀장이라는 호칭을 원하는 게 아니라 적대적인 느낌의 인간관계가 불편했다. 하지만 이미 곽이정과 틀어진 상태다 보니 당연한 것일 수도 있었다. 지금 지원 팀인 수잔과 국현이 곽이정을 욕하는 것과 비슷할 것이었다.

"정만 씨랑 희애 씨 부모님 도착하셨나 봐요. 같이 가서도 되고 따로 보셔도 되는데 어떻게 하실래요?"

"같이 가야죠! 저 여기 촬영장 스태프도 아닌데 뻘쭘하잖아요."

"하하. 그래요."

수잔과 스튜디오 앞으로 가자 철진이 보였다. 기대도 안 했지만, 인사 대신 왔냐는 눈빛을 보내는 것으로 끝이었다. 대화 없이 잠시 기다릴 때, 참가자들의 부모님들로 보이는 사람들이 다가왔다. 철진은 부모님들을 알고 있는지 미소를 지은 채 달려 나갔다.

"팀장님! 저분이 정만 씨 어머니신가 봐요. 엄청 닮았네."
"그러게요. 저희도 가서 인사하죠."

태진은 부모님들을 안내하는 철진에게 다가갔다. 그러자 철진은 누가 곽이정 팀원 아니랄까 봐 아까와 다르게 환하게 웃으며 태진을 소개했다.

"한태진 팀장님이라고 들어 보셨죠? 여기 이분이 한태진 팀장님이세요."

소개가 끝남과 동시에 두 어머니들이 태진의 손을 한쪽씩 잡았다.

"우리 정만이한테 많이 들었습니다. 정말 많이 배우고 많이 도와주신다고… 너무 감사합니다."
"저도요. 우리 희애가 어찌나 한 팀장님 얘기를 하는지. 이렇게 뵙게 됐네요."

태진은 표정을 지을 수 없는 대신 두 어머님의 손을 따뜻하게 쥐었다. 예상보다 더 반겨 주었지만, 이렇기 때문에 곽이정이 자신에게 부탁을 했을 것이었다. 아나나 다를까 철진이 다시 입을 열었다.

"정만 씨나 희애 씨한테 들으셨겠지만, 저희 1팀원 모두가 정말 많이 신경 쓰고 있습니다. 특히 한태진 팀장님이 많이 챙겨 주고 계시죠."

상황을 모른다면 태진도 1팀에 속해 있는 것처럼 들릴 말이었다. 태진은 한 치의 예상도 빗나가지 않는 모습에 속으로 웃음을 삼켰다. 그러고는 두 부모님들을 보며 잠시 고민을 하더니 직접 소개했다.

"지금은 맡은 일이 있어서 1팀에서 나와 지원 팀을 맡고 있어요."
"아! 그러셨구나. 왜요? 끝까지 우리 애들 좀 맡아 주시지. 우리 정만이가 형이라고 부른다고 그러던데요."
"우리 희애도 오빠 같다고 하던데! 나이도 많은 게 푼수라고 그랬는데 지금 보니까 듬직한 게, 그럴 만하네요!
"정만 씨나 희애 씨가 좋게 봐주셔서 감사하죠. 제가 중간에 나오게 돼서 미안하기도 한데 사실은 정만 씨나 희애 씨라면 충

분히 잘할 수 있을 거라고 생각해서 그렇게 됐습니다. 보시다시
피 두분 다 잘하고 있고요."

수잔은 부모님과의 대화를 부드럽게 이끌어 나가는 태진의 모
습에 약간 놀랐다는 듯 혀를 살짝 내민 반면, 이철진의 표정은
완전히 일그러져 있었다. 무언가를 따지고 싶지만, 부모님들이
있어서인지 억지로 미소를 짓고 있는 느낌이었다. 태진은 그런
철진의 표정 따윈 신경 쓰지 않고 부모님들을 안으로 안내했다.

"철진 씨?"
"네? 아, 네."
"인터뷰부터 진행되나요?"
"네, 인터뷰부터 하고 객석으로 이동하면 됩니다."
"어디서 하죠?"
"제가 안내하겠습니다."

철진의 뒤를 따라가면서도 태진은 긴장하는 부모님들을 위해
설명했다.

"엄청난 인터뷰는 아니에요. 그냥 소감 정도니까 솔직하게 답
변해 주시면 돼요. 어렵지 않으니까 정만 씨나 희애 씨한테 하고
싶었던 말들, 얼굴 보고 하기 힘들었던 말들 해 주시면 돼요."
"전 안 하면 안 될까요? 말주변이 없어서……."
"하시는 게 도움이 될 거예요. 말씀을 잘하는 게 중요한 게

아니라 몇 마디 하지 않더라도 응원하는 마음이 보이면 그걸로 충분하다고 생각해요. 사실 보는 건 시청자들이지만, 시청자들보다 정만 씨나 희애 씨가 중요하잖아요. 두 사람한테만 얘기한다고 생각하시면 돼요."

"아이고, 그렇겠네. 다들 응원하는데 나만 안 하면 우리 정만이만 또 속상할 건데. 어쩜 말을 이렇게 예쁘게 할까. 우리 정만이가 괜히 형이라고 그러는 게 아니네."

"그리고 혹시나 인터뷰하신 내용 중에 마음에 안 드는 부분있으면 말씀해 주세요. 그럼 저희가 신경 써서 그 부분은 편집하든가 인터뷰를 다시 하든가 할 거예요."

그러는 사이 인터뷰 장소로 준비된 대기실에 도착했고, 부모님들은 편안해진 표정으로 철진을 따라 대기실로 들어갔다. 그러자 밖에 남은 수잔이 태진을 물끄러미 쳐다보며 말했다.

"와! 팀장님, 너무하시네요!"

"네?"

"완전 솜사탕인 줄! 어쩜 그렇게 말을 달달하고 부드럽게 잘해요! 그렇게 말할 수도 있었네!"

"그랬어요?"

"그랬어요라니요. 팀장님이 그렇게 말해 놓고. 어떤 느낌이냐면 어린이집 선생님이 학부모 대하는 그런 느낌!"

"아! 어린이집은 아닌데. 좀 과했나 보네요."

누군가의 부모와 대화를 나눠 본 적이 없다 보니 한 드라마에서 좋은 선생님을 흉내 내서 말한 것뿐이었다. 좀 과해서 연령층이 낮아졌지만 그래도 수잔이 느낄 정도라면 성공적이라고 생각했다. 그때, 안에 들어갔던 이철진이 나왔다. 이철진은 태진을 보자마자 한숨을 뱉었다.

"하아, 너무한 거 아닙니까?"
"뭐가 너무하죠?"
"그냥 입 다물고 있으면 되는 걸 꼭 팀 옮겼다고 얘기해야 되냐는 말입니다!"
"사실이잖아요."

이철진은 화가 나지만 할 말은 없는지 인상을 쓰며 연신 한숨만 뱉었다.

"아니, 그래도 같은 MfB잖아요."

이제는 소속으로 호소를 하는 말에 태진은 피식 웃었다. 이미 속내를 알고 있는 이상 웃음만 나왔다.

"같은 MfB요? 그렇죠. 맞아요. 그러네요."
"맞죠. 그럼 같이 좋게 보일 수 있는 거잖아요."
"그럼 내가 정만 씨하고 희애 씨 계약 진행해도 되겠죠?"
"네……?"

"같은 MfB니까 누가 해도 상관없잖아요."

이철진은 잘못을 들킨 사람처럼 화들짝 놀랐고, 태진은 어깨가 들썩거릴 정도로 코웃음을 치며 말했다.

"걱정 마요. 그럴 생각 없으니까. 괜히 날 이용할 생각이면 그때는 모르겠지만. 아셨죠?"

이철진은 예전에 알던 태진과는 완전히 달라진 모습에 아무런 말도 못 한 채 고개만 끄덕거렸다.

*   *   *

촬영이 시작되자 태진은 부모님들의 뒤에 자리를 잡았다. 스태프로 온 것이 아니다 보니 상당히 여유가 있었다.

"마지막이라고 엄청 큰데요? 저 뒤에 관객들 보세요. 한 삼천 명 정도? 이 정도면 KBC 신관 공개 홀 규모인데요? 그래서 그런가 스태프들도 어마어마하네."

수잔의 말처럼 사람들의 웅성거리는 소리가 스튜디오를 가득 메우고 있었다. 그러다 보니 태진도 긴장이 되었고, 참가자들의 부모님들은 말할 것도 없었다. MfB의 참가자들뿐만이 아니라 다른 기획사 참가자들의 부모님들 역시 마찬가지였다. 뒷모습만으로도 잔뜩 경직되어 있다는 것이 느껴졌다. 차라리 촬영이 빨리 시작되었으면 그나마 나을 텐데 사람이 많다 보니 약간 지체가 되고 있었다. 그래서인지 시간도 벌고 현장 분위기도 올리려는 생각인지 사회자가 무대에 올라섰다. 원래 라이브 액팅의 사회자가 아니라 흔히 말하는 바람잡이 사회자였다.

사회자는 라이브액팅의 참가자들의 얘기를 골고루 했고, 관객들은 자신들이 응원하는 참가자의 얘기가 나올 때마다 환호를 하며 집중했다. 덕분에 무대에 집중되는 분위기가 만들어지고 있었다. 그렇게 분위기가 잡혀 가고 있을 때, 준비가 끝났는지 스태프들이 분주하게 움직였고, 그와 동시에 촬영이 시작된다고 알렸다. 그러자 바람잡이 사회자가 촬영 중 주의 사항을 다시 한번 알린 뒤 퇴장하였다.

그리고 라이브 액팅의 원래 사회자와 함께 심사 위원들이 들어왔고, 심사 위원들은 객석 중간에 마련된 심사 위원석에 자리했다. 유명한 배우들이다 보니 관객들의 눈은 심사 위원들을 좇아갔고, 태진도 마찬가지였다.

"팀장님! 채이주 배우님 보세요! 하나도 안 꿀리네! 꿀리는 게 뭐야. 미모로 압도하네!"

"그러게요."

"아까는 옷을 안 입고 있어서 그랬나 그냥 예쁘다는 느낌이었는데 지금은 여신인데요? 게다가 자리도 가운데고!"

"저희 원래 가운데였어요."

팔이 안으로 굽는다고 태진도 여러 배우들 중에 채이주만 눈에 들어왔다. 사람이 저렇게 아름다울 수 있다는 걸 다시 느끼는 중이었다. 채이주는 미모를 자랑이라도 하는 듯 환하게 웃으면서 관객들에게 손을 흔들어 주며 자리에 앉았고, 태진은 여유로워진 채이주의 모습에 뿌듯해하며 고개를 돌렸다. 그러던 중심사 위원들을 보려고 고개를 돌린 부모님들과 눈이 마주쳤고, 태진은 가볍게 웃으며 부모님들이 잘 볼 수 있도록 살짝 비켜 주었다.

'음?'

모든 부모님들이 심사 위원들을 쳐다볼 때, 한 명만 팔짱을 낀 채 무대만 보고 있는 것이 보였다. 바로 정만의 아버지였다. 전에 정만에게 듣기로 아버님이 반대를 했었다고 들었다. 물론 지금은 자랑을 하고 다닐 정도로 바뀌었다고 했지만, 완전히 바뀐 건 아닌가 하는 생각이 들었다.

잠시 뒤, 현장이 다시 진정이 되자 사회자의 진행에 맞춰 촬영이 시작되었다. 진행이라고 해 봤자 남아 있는 참가자들의 활약상에 관한 것들이었고, 가장 처음으로 소개된 참가자는 MfB의 정만이었다. 무대 위 커다란 스크린에서는 정만의 지원 영상부터 시작해 그동안 해 왔던 연기들이 차근차근 나오기 시작했다. 영상을 보던 수잔이 태진의 귀에 속삭였다.

"이렇게 보니까 완전 다른 사람인데요?"

"그렇죠?"

"진짜 신기해요."

"저도 신기해요."

"아니, 난, 팀장님이 신기하다고요. 정만 씨 팀장님이 추천했다면서요. 지원 영상 보면 바로 스킵할 만도 한데 어떻게 알아보고 추천하셨어요? 혹시 머리에 스타라고 써 있어요?"

"하하하."

"또 웃어! 왜 나하고만 얘기하면 웃어요. 아무튼 너무 신기하네."

태진도 정만이라면 빠르게 연기가 늘 것이라고 예상은 했지만, 이렇게까지 좋은 성과를 낼 것이라고까지 예상한 건 아니었다. 게다가 정만을 추천할 때는 회사에 갓 들어온 신입이었기에 당장 보이는 것만으로 정만을 추천했다. 그런 정만이 마지막까지 남아 있자 태진도 굉장히 뿌듯했다. 그때, 수잔이 살짝 걱정되는 듯한 얼굴로 정만의 어머니를 손가락으로 가리켰다. 그러고는 갑자기 정만의 어머니 옆으로 가져가더니 조용하게 속삭였다.

"어머님, 좋으시죠? 그래도 벌써 우시면 안 돼요. 예쁜 모습으로 나와야 하는데 촬영 시작부터 우시면 담을 게 없어져요."

"아우, 그냥 우리 정만이 얼굴만 봐도 눈물이 나서요. 도와준 것도 하나도 없는데."

"진정 좀 하세요. 좀 이따 정만 씨 나와서 어머님 보면 흔들릴 수 있거든요. 그러니까 우시더라도 좀 이따가! 아셨죠?"

"아이고, 그러네요."

수잔은 그제야 편안해진 얼굴로 원래 자세로 돌아왔고, 태진은 그런 수잔을 보며 엄지를 치켜세웠다.

"뭘 이런 걸로! 부모 마음이 다 똑같아요. 잘해 준 건 하나도 기억 안 나는데 못 해 준 것만 생생하게 기억나거든요. 아마 그래서 마음이 안 좋아서 우시는 걸 거예요."

수잔의 위안 덕분에 정만의 어머님은 심호흡을 하며 안정을 찾아 갔다. 다만 정만의 아버지는 처음과 똑같은 자세로 조금의 미동도 없었다. 그때, 화면에 마지막 미션이었던 오페라의 유령이 나오고 있었다. 다시 봐도 훌륭한 연기였다. 그때, 갑자기 스크린이 좌우로 갈라지더니 안에서 가면을 쓴 정만이 등장했다. 그와 동시에 스크린이 다시 닫혔고 오페라의 유령을 할 때 나왔던 배경만 나왔다.

"오……."

리허설을 못 봤기에 이렇게 등장할 줄은 몰랐다. 가면을 쓴 정만은 마치 오페라의 유령을 이어서 하듯 불안한 걸음걸이로 무대 가운데로 향했고, 정만의 발이 움직일 때마다 관객들의 환호가 커졌다. 그렇게 무대 가운데에 도착한 정만은 약간 구부정한 자세로 고개만 돌려 관객들을 쳐다봤다. 그때, 스크린이 꺼졌고, 동시의 정만이 손을 가면에 가져갔다. 그와 동시에 기대감 때문에 관객들의 환호가 잠깐 줄어들었고, 적절한 타이밍이라고 생각했는지 정만이 가면을 벗었다.

"와! 최정만!"
"예천 최씨!"

뒤쪽 관객석에서 외쳐대는 소리에 스튜디오가 흔들리는 기분마저 들었다. 스태프들도 환호하는 관객들은 진정시키기 위해 바쁘게 손을 흔들어 댔다. 그때, 수잔이 감탄한 목소리로 속삭였다.

"인기가 장난 아니네요!"
"저도 이 정도인 줄은 몰랐어요."
"라액도 연출을 아주 작정하고 했는데요? 가면맨 얘기 많이 나오니까 이어 가려고 한 거 같기도 하고!"
"그건 아닐 거예요."
"그럴 수도 있죠. 리얼 팬텀의 수제자 최정만! 그나저나 아버님도 놀라셨나 봐요."

정만의 아버지를 보자 아까와 다르게 팔짱을 풀고 있었다.

"아까 좀 놀라셨는지 어깨까지 들썩거리시던데요."

"그러네요."

태진은 입술을 씰룩거리며 정만의 아버지를 바라봤다. 거의
우승이 확실했기에 우승을 하고 나면 어떤 모습을 보이실까 궁
금했다. 그사이 두 번째 참가자의 소개가 이어졌고, 영상이 시작
되었다.

*   *   *

어느덧 참가자들의 소개와 인터뷰 등이 끝나고 스크린에는 마
지막 미션 중에 첫 번째 작품이 나오는 중이었다. 태진도 알다시
피 정만과 희애 모두 주연이 아닌 조연을 맡은 작품으로, ETV에
서 흥행에 성공했던 드라마를 재해석한 것이었다.

"진짜 구성을 잘했네요. '경고'가 인기도 많았고 매회마다 새로
운 사건을 가져오니까 한 편으로 줄이기도 편할 거고. 그렇죠?"
"네, 그래서 이걸 미션으로 한 거 같아요."

'경고'란 드라마는 한 검사의 얘기로, 액자식 구성으로 된 드
라마였다. 큰 줄거리는 검사인 주인공이 형을 살해한 범인을 찾
는다는 얘기였고, 지금의 장면은 다른 사건이었지만 이로 인해
힌트를 얻게 되는 내용이었다. 그렇기에 '경고'를 보지 않았던 사
람들이 보더라도 큰 위화감이 없게 만들었다.

"저 검사, 연기 잘하는데요?"

"저분 잘해요. 익살맞은 연기도 잘하는데 진중한 것도 잘해요."

"역시 플레이스인가 보네. 그런데 아무리 뒤의 미션에서 주연을 맡았다고 해도 이번엔 너무 비중이 없는데요? 거기다가 분장도 잘 안 어울리고."

"그러게요. 연기는 참 괜찮은데 분장이 좀 너무 튀네요."

"희애 씨는… 그냥 아예 안 맞는 역 같은데……."

"음."

희애가 맡은 역은 보이스 피싱으로 구치소에 수감되어 있는 역이었다. 원작에서는 남자 배우가 맡았던 역이었는데 지금은 희애가 맡고 있었고, 정만은 그런 희애의 아버지 역이었다.

—나 정말 아니라니까 아빠가 어떻게 좀 해 줘! 난 진짜 알바인 줄 알고 한 거란 말이야. 나 진짜 아니야.

—…….

—왜 아무 말도 안 해! 사람 답답하게! 아빠도 나 못 믿어? 못 믿는 거지? 아악! 이럴 거면 왜 온 건데!

정만의 대사는 하나도 없이 눈빛과 분위기로만 장면을 끌고 나갔다. 원작에서는 아버지가 안절부절못하며 여기저기 찾아다니며 도움을 청하는 내용이었는데 지금은 완전히 다른 해석이었다. 그렇게 정만의 짧은 씬이 넘어갔고, 다음에 정만이 등장했을 때의 배경은 시체 안치소였다.

주연을 맡은 세원이 정만의 시체를 확인하는 대사로 시작되었다.

―이 사람 맞아요?

―네, 맞습니다.

―아이, 새끼들. 사람을 이렇게 만들어. 후우. 그래서 이유는요?

―알아보니까 딸이 천왕구치소에 수감되어 있더라고요. 장고 패밀리 연락책으로 잡혀서요.

―그런데요?

―그래서 직접 알아보려고 했던 거 같습니다. 이렇게 발견된 걸 보면 뭔가 중요한 걸 알아낸 건 아닐까 추측하고 있습니다.

―참나. 수사관들도 못 알아낸 걸 이 아저씨가 알아냈다고요? 참나. 아이고, 내 피 같은 세금 아까워라. 이 아저씨가 알아낸 정보들 싹 다 알아 오세요.

그 뒤로 수사하는 장면들이 나왔다. 요약된 장면들이다 보니 대체로 짧게 지나갔지만, 인물들의 성격이나 배경들은 확실히 알 수 있는 시나리오였다. 정만도 중간 추측 하는 장면에서 가끔 얼굴을 비췄고, 전체적으로 비중은 낮지만 인상적인 역할이었다.

잠시 뒤, 첫 번째 미션 '경고'가 끝나고, 참가자들의 인터뷰가 간단하게 이뤄졌다. 당연히 주연인 세원의 인터뷰로 시작되었고,

잠시 뒤 정만의 차례가 돌아왔다.

"원작하고는 완전 다른 분위기예요. 캐릭터 설정을 배우들한 테 맡겼다는데 이것도 정만 씨가 설정한 건가요?"

"네. 제가 했습니다. 원작에 비해서는 많이 부족하지만 제 나름대로 이런 것도 괜찮을 거 같아서요."

"전 오히려 좋은데요? 법에 기대지 않는 건 좀 아쉽긴 했는데 그래도 딸을 위해서 직접 해결하려는 건 약간 감동까지 있었어요. 아버지들이 그런 분이 많잖아요. 티는 내지 않지만 누구보다 자식을 사랑하는."

"맞아요. 저도 그렇게 생각해요. 그래서 이런 설정을 했습니다."

"아버지가 그러신가 봐요?"

"아버지요? 하하, 네. 사실 아버지를 많이 투영해서 연기했습니다. 많이 무뚝뚝하신데 누구보다 절 걱정해 주시거든요."

"어쩐지 너무 잘하시더라고요."

자신의 얘기를 듣고 어떤 반응을 보일지 궁금한 마음에 태진은 정만의 아버지를 쳐다봤다. 하지만 큰 변화는 없었다. 방금 정만이 소개한 대로 무뚝뚝한 사람 같았다. 오히려 정만의 어머니가 눈물을 훔치고 있었다. 그렇게 정만의 인터뷰가 끝났다. 잠시 뒤 다른 참가자들의 인터뷰까지 끝나자 잠시 무대 세팅을 위해 촬영이 멈췄다. 그때, 정만의 아버지가 갑자기 두리번거리기 시작했다. 뒤에서 그 모습을 지켜보던 태진이 입을 열었다.

"아버님, 뭐 필요하신 거 있으세요?"

"그건 아니고요. 화장실 좀 갔으면 하는데 지금 가도 되는지 몰라서요."

"화장실이요? 가셔도 돼요. 제가 안내해 드릴게요."

"가도 되는 거 맞죠? 아까 촬영 중간에 가지 말라고 하던데."

"음, 준비하는 데 시간 좀 걸릴 거 같은데요. 다녀오셔도 될 거 같아요. 제가 안내해 드릴게요."

태진은 정만의 아버지를 데리고 스튜디오 밖으로 나왔다. 그리고 화장실로 향하려 할 때, 뒤따라오던 정만의 아버지의 큰 한숨 소리가 들려왔다.

뒤를 돌아보자 정만의 아버지가 벽에 손을 짚은 채 숨을 몰아쉬고 있었다. 태진은 깜짝 놀라 급하게 다가갔다.

"괜찮으세요? 어디 불편하세요?"

"하아, 아닙니다."

"잠시만요. 제가 바로 구급차 부를게요."

"아니, 아니에요. 괜찮습니다. 저기 잠깐만 앉아 있으면 됩니다."

태진은 정만의 아버지를 부축해 로비에 놓인 의자로 안내했다.

"정말 괜찮으세요?"

"괜찮습니다. 긴장을 해서 그런가 봐요."

의자에 앉은 정만의 아버지는 자신의 다리를 주물렀다. 다리
에 힘이 빠진 모양이었다. 그런데 다리를 주무르는 손도 덜덜 떨
리고 있었다. 태진이 걱정된 마음에 손을 쳐다보고 있자 태진의
시선을 느낀 아버지가 떨리는 손을 쓰다듬으며 웃었다.

"이게 뭐라고 긴장이 엄청 되네요."

"정만 씨 때문에요?"

"그럼요. 자식 놈이 사람들한테 괜히 욕이라도 먹진 않을까
걱정이 되더라고요."

아까 팔짱을 끼고 있을 때는 무뚝뚝하다고 생각했는데 실제
로는 누구보다 많은 걱정을 하고 있었다. 태진은 아직도 떨고 있
는 정만의 아버지 손을 쳐다봤다. 그러고는 약간 어색하지만 용
기를 내 손을 잡았다.

"손이 저리실 정도로 긴장되세요?"

"그건 아니고. 몸이 너무 떨려서 옷을 꽉 잡고 있었더니 이러
네요."

태진은 고개를 살짝 움직여 아버님의 옷을 살폈다. 다른 데는
멀쩡한데 겨드랑이 밑 옆구리 부분이 완전 쭈글쭈글해져 있었

다. 아마 팔짱을 낀 채 그 부분을 잡고 있었던 모양이었다. 아마 반대편도 비슷한 상태일 것이었다.

'보이는 게 다가 아니었구나.'

나중에 정만이 이런 얘기를 들으면 얼마나 좋아할지 생각하니 저절로 미소가 지어졌다. 물론 미소를 지을 수 없었지만 그 어느 때보다 흐뭇했다.

"정만 씨 잘할 거니까 너무 걱정하지 마세요."
"그러겠죠. 아까 보니까 너무 잘하더라고요."
"맞아요. 그런데 아버님이 반대 많이 하셨다고 하던데 실제로 보니까 누구보다 잘하죠?"

정만의 아버지는 자신의 손을 잡고 있는 태진의 손을 빼더니 미소를 지었다.

"반대를 한 건 아니고 걱정이 돼서 그런 거죠. 사실 내 아들이지만 자식이 학교 다닐 때도 공부도 엄청 못했거든요. 그렇다고 사고를 치는 것도 아니고 뭘 놀러 다니는 것도 아닌데 허구한 날 만화책만 보고 있었어요. 그래서 맨날 반에서 꼴찌. 어쩔 때는 전교에서 꼴찌도 하고 그랬죠."
"정만 씨가요?"
"그럼요. 성적이 다가 아니라 생각해서 내버려 뒀는데 점점 나이를 먹어 가니까 앞날이 걱정되더라고요. 정만이를 믿어야지, 믿어야지 다짐까지 하는데도 걱정이 되는 건 어쩔 수 없더라고요."

"그래서 공부처럼 잘 못할 거 같아서 반대를 하신 거예요?"

"그렇죠. 이제 나이도 먹어 가는데 헛된 꿈같기도 하고… 이제 돈도 모아서 결혼도 준비하고 해야 되니까요. 그래서 가게에서 일이나 배웠으면 했죠. 작은 빵집을 하고 있거든요."

가족 사항에서 보긴 했지만 정만에게 직접 들어 본 적은 없는 얘기였다. 태진은 그저 고개를 끄덕이며 아버님의 말을 들었다.

"그런데 오늘 보니까 내가 틀렸더라고요. 내 자식이라서 그런 게 아니라 정말 정만이만 보이더라고요."

"제가 보기에도 제일 잘해요."

"말씀만이라도 감사합니다. 어휴, 참 그런 거 보면 미안한 마음만 드네요. 애비가 돼서 자식이 뭘 잘하는 것도 모르고, 그동안 빵이나 구우라고 닦달하기만 했는데. 믿는다고 하면서도 못 믿었던 거 같네요."

"지금도 늦은 게 아니고 딱 적절하게 나온 거라 괜찮아요."

"그런가요. 아무튼 너무 몰랐던 거 같아서 미안하기도 하고 이제야 제 품을 벗어나려는 거 같아서 대견하기도 하고 그러네요."

태진은 인정을 해 주는 것 같은 말에 미소를 지으며 말했다.

"이제 걱정이 덜 되시겠어요."

"좋기도 한데 한편으로는 그래서 더 걱정이 되죠. TV에 잠깐 나왔다가 사라지는 사람들도 많은데 정만이도 그렇게 되진 않을까 걱정되네요."

여든 먹은 노인도 자식 걱정을 한다는 말이 딱이었다. 자식 걱정은 끝이 없는 모양이었다.

"그래도 이 길을 선택했으니까 인정해 줘야겠죠."

"제가 보기에는 진짜 잘할 거예요."

"그렇겠죠? 아빠 아빠 그러면서 쫓아다닐 때가 엊그제 같은데 언제 이렇게 컸는지."

이번에는 정만의 아버지가 태진의 손을 잡았다.

"우리 정만이 좀 잘 부탁드려요. 앞으로도 계속 일할 수 있도록 신경 좀 써 주세요. 계속 일만 할 수 있다면 마음이 편할 거 같아요."

"저도 최선을 다해서 정만 씨 서포트할게요."

"고맙습니다. 어휴, 이제야 좀 진정이 되네요."

정만의 아버지는 그제야 진정이 되는지 편안해진 얼굴이었다.

"그런데 제가 너무 오래 있었던 거 아닌가요?"

"괜찮은 거 같아요. 화장실 갔다가 들어가서도 될 거 같아요."

"그럼 화장실 좀 갔다 빨리 가야겠네요."

태진은 정만의 아버지가 화장실에 들어가는 모습을 물끄러미 쳐다봤다. 강해 보이지만 알고 보면 누구보다 자식 걱정이 많았다. 그래서 자신의 울타리 안에서 정만을 보살피려 했던 것뿐이었다. 정만이 그 울타리 밖으로 나가자 걱정이 되는 것은 당연했을 것이다. 하지만 그 울타리 밖을 나온 정만이 마음껏 뛰어다니는 것을 보자 그동안 가둬 둔 것이 후회도 되고 미안하기도 한 그런 상태일 것이었다. 그리고 이제 정만이 정말 즐기는 것을 본다면 걱정은 사라질 것이었다.

'잘됐다.'

태진은 지금 상황이 흐뭇해서 웃음이 나왔다. 그때, 스튜디오에서 나오는 사람이 보였다. 바로 이창진이었다. 누군가와 통화를 하고 있었는데 굉장히 짜증 나는 일이 있는지 표정을 찡그리며 걸어 나오고 있었다. 이창진도 태진을 발견했는지 가볍게 목인사를 하더니 갑자기 휴대폰을 살짝 내려놓았다.

"꼭 좀 잘 부탁해요! 권오혁 때문에 미치겠어!"

"아, 네."

이창진은 다시 통화를 하며 걸어 나갔고, 태진은 미션 영상을 보느라 잠시 잊고 있던 정광영을 떠올렸다. 그러던 중 정만의 아버지가 화장실에 나왔고, 태진은 순간 정만의 아버지와 정광영이 겹쳐 보이는 느낌을 받았다.

'아!'

*   *   *

어느덧 두 번째 미션 공개도 끝이 났다. 이번 미션은 ETV에서 준비 중인 드라마의 줄거리를 바탕으로 제작한 영상이었다. '야차'라는 제목으로, 퇴마에 관한 드라마나 영화는 대부분 천주교나 기독교가 대부분이었던 것과 달리 이번 드라마는 귀신을 잡는 퇴마승에 관한 얘기였다.

정만이 맡은 역은 주인공으로, 귀신을 잡기 위해 속세에서 생활하는 스님이었는데 귀신을 잡아야 하는 이미지 때문에 강렬한 느낌을 주어야 했다. 정만과 약간 다른 느낌이긴 했지만, 오페라의 유령에서 봤듯이 정만이 잘 해낼 수 있을 거라 믿었다. 그리고 영상을 본 사람들도 인정했다. 오죽하면 수잔도 감탄하며 볼 정도였다. 또다시 인터뷰가 시작되었고, 수잔은 감탄하며 속삭였다.

"이 정도면 오디션이 아니라 그냥 드라마인데요?"
"연기 잘하죠?"

"잘하는 정도가 아닌데요? 너무 무서운데! CG로 만든 귀신보다 더 무서워!"

"지금은 피 같은 게 없으니까 시각적으로 부족한 부분이 있는데 아마 진짜 드라마로 만들면 이거보다 더 잘 나올 거예요."

"와. 아까 여주 목 딱 잡고 고개 천천히 들어 올릴 때 그 장면은 진짜 오래갈 거 같아요. '너, 뭐지?' 이 짧은 대사인데도 소름까지 끼쳤어요. 진짜 잘하는 배우한테만 느껴지는 거 있잖아요. 눈빛하고 표정에서 혼란과 의심이 다 느껴지는 그런 거!"

"저도 그 부분 좋았어요."

"진짜 너무 인상적인데요. 이번 미션은 정만 씨가 완전 혼자 씹어 먹었네."

자신이 뽑은 사람이 인정을 받자 태진은 마치 자신이 칭찬을 받는 듯 흐뭇하게 웃었다.

'정말 빠르게 늘어 가네.'

희애가 빛을 발하진 못한 건 아쉬웠지만, 그건 다른 사람들도 마찬가지였다. 여주인공은 숲 엔터테인먼트의 참가자였고, 연기 경력이 있었기에 미션에서의 연기도 훌륭했다. 귀신이 보이며 빙의가 되기도 하는 역으로, 아까 정만에게 목을 잡힌 역이기도 했다. 따로 놓고 보면 연기가 상당히 좋았지만, 이번에는 운이 좋지 않았다. 정만의 연기가 너무 뛰어나다 보니 여주인공이라는 느낌이 옅어진 것이다.

오히려 정만에게 연락을 하는 스님 역을 맡은 세원이 훨씬 눈에 들어왔다. 첫 미션에서도 괜찮은 연기를 했는데 이번에도 작은 역임에도 불구하고 인상적인 연기를 펼쳤다.

"팀장님, 저 세원 씨랑 우리 정만 씨랑 둘이 라이벌로 성장할 거 같죠?"

"아직은 정만 씨가 훨씬 낫죠."

"그렇긴 한데. 라이벌 구도로 만들어서 성장하는 것도 좋잖아요. 세원 씨는 부족한가?"

"세원 씨도 잘하죠."

"아! 그럼 단우 씨는요? 제가 보기에는 좀 다른 매력이긴 한데 단우 씨하고 정만 씨하고 나이도 비슷하잖아요."

"음. 연기만 놓고 보면 정만 씨요."

"오! 그럼 다른 부분은 단우 씨가 이길 가능성이 있다는 거예요?"

"연기에 진심이기도 하고 엄청 잘생겼잖아요."

"그렇지. 지금도 인기 있는데 드라마에 얼굴 비추면 인기는… 모르겠네요?"

"그리고 굉장히 똑똑하거든요."

대화를 나누는 사이 인터뷰가 끝이 났고, 축하 무대가 진행되었다. 탈락했던 참가자들이 미션에서 사용되었던 노래를 직접 부르기 시작했다.

"아! 동건 씨하고 선영 씨네. 이거 하려고 왔었구나."

"이거 Solo잖아요. 이것도 팀장님이 골랐다면서요."

"맞아요."

"아, 노래 좋다. 팀장님, 스크린 봐요. 채이주 씨 엄청 좋아하고 있는데요!"

Solo로 많은 인기를 얻었던 채이주이다 보니 카메라가 채이주를 담았고, 화면에 보이는 채이주는 슬픈 곡과 어울리지 않게 너무 즐거워하는 모습이었다.

노래가 많다 보니 짧게 짧게 진행되었고, 이윽고 모든 노래가 끝이 났다. 탈락했던 참가자들은 무대에서 내려가지 않고 마치 팀 미션을 하듯 각자가 속했던 팀별로 나뉘어 섰다. 그리고 그들 앞에 최종 심사를 기다리는 참가자들이 자리를 잡았다.

"이렇게 회사들 이름 각인시켜 주네요?"

"그러게요. 음."

"왜요? 갑자기 뭐 찾으세요?"

"곽이정이요. 좋아하고 있을 거 같아서요."

"기분 나빠지게 곽이정은 왜 찾아요."

"그냥요. 정만 씨가 잘해서 좋기도 한데 곽이정이 좋아할 거 생각하면 배가 좀 아파서요."

"네? 되게 솔직하네."

사실이었기에 태진은 가볍게 웃으며 다시 무대를 쳐다봤다.

또다시 인터뷰가 진행되었고, 이번에는 가족들에 관한 인터뷰가
진행되었다. 이제 곧 끝날 것이기에 태진은 수잔보고 일어나라
는 손짓을 했다.

"우린 이만 빠지죠."
"벌써요?"
"앞에서 결과만 보고 가려고요."
"아! 네!"

조용히 빠져나온 태진은 입구에 서서 인터뷰를 들었다. 카메
라들이 부모님들을 담기 시작했고, 참가자들의 인터뷰를 듣고
있는 부모님들은 좋아하기도 하고 울기도 하는 등 여러 가지 감
정을 보였다. 그때, 찾을 땐 보이지도 않던 곽이정이 태진의 옆에
다가왔다.

"그림 좋죠?"
"그러네요."

예상하던 대로 곽이정은 즐겁다 못해 행복해 보이기까지 했
다. 아까 이철진에게서 얘기를 들었을 텐데도 그런 건 신경 안
쓴다는 듯 웃고 있었다. 저번부터 왜 이렇게 친한 척을 하는지
무척 껄끄러웠다.

"너무 걱정 마세요. 태진 씨 공도 제대로 나눌 테니까."

그 말을 들은 태진은 헛웃음이 나왔다. 태진의 공을 인정한다
는 말이지만, 곽이정이라면 분명 다른 뜻이 있을 터였다. 그리고
태진은 이를 단번에 알아차렸다. 정만의 우승은 1팀에서 만든 것
이라는 걸 너도 인정하라는 의미와 함께 아까 태진이 부모님들
에게 했던 것을 듣고는 더 끼어들지 말라는 의미가 담겼을 것이
다. 물론 아닐 수도 있지만, 지금 느끼기에는 그랬다. 그럴 생각
도 없었기에 태진이 가볍게 웃을 때, 정만의 인터뷰가 시작되었
다.

태진은 옆에서 좋아하고 있는 곽이정이 신경 쓰였지만, 그보
다 정만의 인터뷰가 더 중요했기에 고개를 돌렸다. 사회자는 보
통 오디션프로그램에서 볼 수 있는 감동적인 장면을 연출하려는
지 다른 참가자들과 마찬가지로 가족들의 반응을 물었다. 하지
만 정만은 울컥하던 다른 참가자들과 다르게 굉장히 차분해 보
였다.

"정만 씨는 굉장히 차분해 보여요. 긴장해서 그런 걸까요? 아
니면 자신 있어서 이런 걸까요?"
"긴장해서 그럽니다."
"하하. 그렇군요. 가족분들이 응원을 오셨는데 어디 계시죠?"

정만의 어머니는 울 듯한 표정으로 손을 흔들었고, 정만은 그
모습을 보며 편안한 미소를 지었다.

"어머님이 굉장히 좋아하시네요."

"네, 항상 응원해 주시거든요. 아버지도 지금 되게 좋아하시고 계세요. 아버진 좋으시면 어깨를 계속 들썩거리시거든요. 이렇게요."

"아! 어깨춤처럼요! 하하. 마지막까지 올라왔으니 얼마나 대견하시겠어요. 아버님 마음 같아서는 일어나서 춤이라도 추고 싶으실 거 같네요. 그럼 응원해 준 가족에게 한마디 해 주시죠."

"제가 이런 말은 잘 못해서……."

"무뚝뚝한 아들이네요! 그래도 한마디만 해 주세요."

"후… 어머니, 아버지가 키워 주신 덕분에 여기까지 올라올 수 있었어요. 사실 준비한 말이 있는데… 긴장해서 그런가 기억이 안 나네요. 그래도 진심으로 항상 감사하다고 생각하고 있습니다."

태진마저도 경악하게 만드는 인터뷰였다. 곽이정이 분명히 준비를 시켰을 텐데 정말 많이 긴장했는지 감사하다는 말로 인터뷰를 끝냈다. 곽이정을 힐끔 보자 아까보다 미소가 좀 옅어지긴 했지만, 여전히 좋은 모양이었다. 그때, 사회자도 약간 당황하긴 했지만 경험이 많아서인지 감동을 더 끌어내기 위해 질문을 이었다.

"아까 1차 미션에서도 아버님을 모티브 삼았다고 했는데 정만 씨가 아버님을 많이 닮으셨나 본데요?"

"네, 영향을 받았죠. 그래도 어머니, 아버지 반반씩 닮아서 많이 무뚝뚝한 거 같진 않아요."

"지금 이게요?"

"하하하."

정만의 우승이 확실시하다 보니 아무래도 이렇게 대충 넘길 수가 없었다. 그래서인지 사회자가 잠시 정만의 귀에 무어라 속삭였고, 정만은 알았다는 듯 고개를 끄덕거렸다. 생방송이 아니다 보니 가능한 일이었다.

그 모습을 보던 수잔은 혀를 내밀며 태진에게 속삭였다.

"정만 씨 인터뷰 엄청 못하네! 지금 분위기가 완전 똥인데요?"

"그러게요. 연습시켰을 텐데."

"어휴, 잘 좀 하지! 저거 흑역사로 돌아다닐 텐데. 그리고 윤종필 씨도 좀 넘어가지 여기서 더 뽑아내려고 해도 분위기가 이미 그럴 분위기가 아닌데."

태진이 보기에도 차라리 여기서 인터뷰를 그만두는 게 나을 듯했다. 하지만 사회자는 포기하지 않고 질문을 이어 갔다.

"마지막으로 부모님께 하고 싶은 말씀 있으세요?"

"제가 많이 부족해서 걱정이 많으실 거예요."

"부모님께 직접 말씀하셔야죠."

"아, 네. 어려서부터 지금까지 잘하는 게 하나도 없어서 걱정이 많으셨죠? 하고 싶은 건 있었는데 금방 흥미를 잃고 그래서 이번에도 그런 건 아닐까 걱정하셨을 거란 거 알고 있어요. 하지만 이번은 약속드릴 수 있어요. 지금 결과가 어떻게 될지 알 수는 없지만, 어떻게 되든 전 지금부터 시작이라고 생각할 거예요. 옆에서 자기 일처럼 도와주시는 분들도 정말 많거든요. 그러니까 너무 걱정하지 마세요. 앞으로도 자랑할 수 있는 아들이자 배우가 되겠습니다!"

이게 준비를 했던 인터뷰인 듯했다. 큰 감동은 없지만 정만의 앞으로 각오와 사람 됨됨이를 보이게 하려고 준비했을 것이다. 거기다가 도와주는 사람들이 많다는 말로 자신의 지분까지 챙겼다. 참 곽이정다운 인터뷰 내용이었다. 아니나 다를까 곽이정이 이번에는 만족해하는 모습을 보였다.

그때, 화면에 정만의 부모님이 나왔고, 정만의 어머니는 혼자서만 감동을 받았다는 표정으로 멀리 있는 정만의 얼굴을 쓰다듬는 시늉을 했다. 그런데 정만의 아버지는 정만이 아니라 갑자기 뒤를 돌아봤다. 그러더니 기웃기웃거리기 시작했다.

"뭐 하시는 거지?"

두리번거리는 정만의 아버지가 무언가를 찾았는지 입구 쪽에 시선을 두는 모습이 나왔다. 그러고는 정확히 태진을 보며 고개를 숙여 인사를 했다. 마치 옛날 드라마에서 학부모가 선생님에게 잘 부탁한다는 그런 느낌이었다. 그리고 사회자의 말이 이어졌다.

"아버님이 같이 일한 스태프분들한테 감사함을 표하고 계시네요. 저렇게 보이지 않는 곳에서 도움을 주는 분들한테도 감사 표시를 하는 걸 보니 정만 씨도 어떻게 컸는지 알 수 있네요."

아버지의 칭찬을 들어서인지 정만은 활짝 웃었고, 그 상태로 태진에게 손을 흔들어 댔다. 본의 아니게 모든 사람의 시선을 받게 된 태진은 순간 당황했다. 다행히 수잔이 태진의 등에 손을 대 줌으로써 조금이나마 안정을 찾은 태진은 정만의 아버님과 마찬가지로 함께 인사를 했다. 그러고는 자신들에게 박수를 보내 주는 사람들에게도 인사를 했고, 그러던 중 곽이정의 표정이 눈에 들어왔다. 자연스러운 미소는 온데간데없이 사라져 있었고, 그동안 봤던 억지 미소가 자리하고 있었다. 태진은 뭔가 통쾌한 기분에 입술을 씰룩거리며 곽이정을 쳐다봤다. 그러고는 보란 듯이 정만을 향해 손을 흔들었다.

＊   ＊   ＊

잠시 뒤, 모든 인터뷰가 끝나고 결과 발표만 남은 상태였다. 잠시 전화를 받으러 나간 수잔이 돌아오면 태진도 이제 돌아갈 생각이었다. 마침 수잔이 돌아왔다.

"팀장님, 장터국밥 팀 좀 전에 끝나서 돌아갔대요."
"연습실로요?"

"그건 모르겠대요. 물어보고 싶었는데 걸릴까 봐 그냥 입 다물고 있었대요."

"연습실 갔겠죠. 국현 씨는 문제없었대요?"

"입 꾹 다물고 있어서 단내 나는 거 말고는 없대요. 그나저나 곽이정은 왜 저리로 갔어요? 아까 그 일로 삐졌나 보네."

태진은 멀찌감치 떨어진 곽이정을 보며 입술을 씰룩거렸다. 그러고는 수잔에게 말했다.

"이제 갈 준비하죠."

"발표 듣고 안 가세요?"

"발표만 듣고 바로 가자고요."

"네, 어디로 가실 거예요? 극장은 국현 씨 있으니까 지금 가는 건 좀 그런 거 같은데. 회사로 가실 거예요?"

"장터국밥 연습실로 가야죠."

"바로요? 뭐 생각해 둔 거 있으세요?"

"확인 좀 하려고요. 뭐 잘되면 바로 얘기해도 되니까. 가면서 말씀드릴게요."

태진은 다시 무대를 쳐다봤다. 대화를 나누는 사이 이제 발표만 남아 있었고, 사회자는 긴장감을 고조시키기 위해 뜸을 들이는 중이었다. 관객도 그에 맞춰 주다 보니 굉장히 조용한 분위기가 연출되었다.

"수만 명의 참가자들 중 라이브 액팅 최종 우승자는! 축하합니다. MfB의 최! 정! 만!"

폭죽과 꽃가루가 터지자 정만의 어머님은 대성통곡을 했고, 정만의 아버지 역시도 감격스럽고 기쁜지 어깨를 들썩거리는 모습이었다. 태진은 그런 모습을 확인하곤 뒤돌아섰다.

"우리는 가죠."

*   *   *

장터국밥의 연습실에 도착한 태진은 주차를 한 뒤 차에서 내렸다.

"팀장님, 그런데 정광영 씨가 수락을 하더라도 그런 조건을 플레이스에서 받아들일까요? 기가 막힐 거 같긴 한데 전 좀 확신은 안 드네요."
"일단 조율을 해서 계약을 하는 게 에이전트잖아요. 맞춰 가면 될 거 같아요."

이동하는 동안 태진의 계획을 들은 수잔은 기발한 생각이라고 하면서도 이런 계약을 들어 본 적이 없다 보니 약간은 불안한 모양이었다. 태진은 그런 수잔을 보며 입술을 씰룩거렸다.

"이거 정만 씨 아버님하고 얘기하면서 생각한 거기도 한데 수잔도 도와준 거나 다름없어요."

"제가요?"

"수잔이 연극 단원들한테 정보 주고 그러잖아요. 거기서 조금 더 나아간 거뿐이에요."

"완전 다르죠!"

"하하."

"또 웃어!"

태진은 웃으며 주변 상가들을 기웃거렸다. 그러자 수잔이 옆에 다가오며 물었다.

"그런데 이렇게 다 있는데 불러내면 괜히 반감만 사지 않을까요?"

"밤까지 기다리기에는 시간이 너무 아깝잖아요. 그리고 우리 얘기 듣고 좋다고 생각하면 단원들한테 바로 알릴 수도 있으니까."

"아하, 시간을 줄이겠네요. 플레이스도 급하니까!"

"저기 저 커피숍으로 가죠."

커피숍에 자리를 잡은 태진은 곧바로 정광영에게 전화를 걸었다.

"안녕하세요. 어제 뵀던 한태진이라고 합니다."

—네, 안녕하세요.

"잠깐 만나서 얘기할 수 있을까요?"

—어제 얘기 때문에 그러시죠? 그런 거라면 죄송하지만 전 할 얘기가 없습니다.

"잠깐이면 됩니다. 장터국밥 연습실 근처에 있거든요. 시간 좀 내주시면 안 될까요? 아니면 금방 끝날 얘기니까 저희가 연습실로 찾아가서 말씀드리는 건 어떨까요."

—아! 알겠어요.

태진은 정광영에게 커피숍을 알려 준 뒤 통화를 마쳤다. 그러자 수잔이 피식거리며 웃으며 말했다.

"완전 협박이네! 안 오면 찾아간다! 이러려고 다짜고짜 왔어요?"

"단원들한테 얘기하는 거 싫어하니까 나올 거 같았어요."

"이젠 완전 사기꾼 다 됐네!"

"거짓말한 건 없어요. 안 오신다고 하면 기다릴 생각이었어요. 뭐, 어디서 기다리든 환영받지 못할 건 똑같으니까요."

"그건 그렇지… 그런데 지금은 더 환영받지 못할 거 같은데요?"

"얘기하면서 풀어야죠."

"자신 있나 본데요?"

"울타리가 있는 게 맞으면 자신 있죠."

수잔은 자신 있어 하는 태진의 모습에 혀를 살짝 내밀며 놀랐다. 그러는 사이 창밖에서 화난 표정의 정광영이 보였다.

"저 봐요! 화났네!"

커피숍에 들어온 정광영은 인사도 하지 않고 화가 난 표정으로 자신의 입장부터 말했다.

"여기까지 찾아오면 어떡합니까! 내가 분명히 어제도 안 한다고 말씀을 드렸는데 이게 무슨 짓이죠?"
"죄송합니다. 꼭 드리고 싶은 말씀이 있어서 급한 마음에 이렇게 찾아뵙게 됐습니다. 잠깐 앉으시죠."
"하. 할 얘기 있으면 빨리 하세요. 지금도 연습 중에 나온 거니까."
"네, 알겠습니다."

태진은 플레이스에서 받아 온 계약서를 꺼내 테이블에 올려놓았다.

"어제는 계약서가 나오지 않은 상태라서 보여 드릴 수 없었던 점 죄송합니다. 상당히 좋은 조건이라서 얘기라도 들어 보셨으면 해서요."
"이거 봐요. 또 계약 얘기네. 조건이 어떻든 간에 관심 없다니까 그러시네."

"바로 계약하시는 건 아니고 마음 편하게 오디션을 보신다고 생각하시면 돼요."

"됐어요. 지금 연극하고 있는데 무슨 오디션을 보라는 거예요."

"플레이스에서 원하는 연기인지 확인차 짧은 영상을 찍으시면 됩니다."

"하 참, 진짜 안 한다는 사람한테 그런 거까지. 됐습니다."

정광영은 계약서를 보지도 않고 밀어냈다. 여기서 계약서에 있는 내용을 얘기해도 먹힐 것 같지 않았기에 태진은 계약서에 없는, 자신이 생각해 온 것들을 꺼내기 시작했다.

"정광영 씨가 소속되지 않으시려는 이유는 충분히 알고 있습니다. 혹시라도 극단의 연습에 지장을 줄 수 있을까 봐 그러시죠? 물론 지금 하는 연극에는 지장이 없겠지만, 그 뒤까지 생각하셔서 그러시는 거라고 생각합니다."

"그런 건 아니지만, 하아. 그런 이유도 있죠."

다른 이유라는 걸 알지만 너무 직접적으로 얘기하는 것보다 우연히 맞아떨어지는 것처럼 보이는 게 나을 거라고 생각했다. 그래야 정광영의 경계심도 줄어들 것이었다.

"원하시면 계약 조건에 극단 활동은 자유롭게 하실 수 있다는 조항도 넣어 드릴 수 있어요. 물론 회사에서 원하는 작품에도 출연을 하셔야 하기에 그렇게 된다면 정광영 씨가 많이 힘드실 수 있지만 원하신다면 가능합니다."

"하아, 관심 없다니까 그러시네."

태진은 이대로 물러날 생각이 없었다. 이제 운을 띄운 것뿐이기에 아직 본론이 남아 있었다. 정말 울타리를 치고 있는지 확인을 해야 했다.

"그리고 극단에도 도움이 될 수 있어요. 각각 계약을 하는 건 아니지만, 단원들에게 어울리는 작품 정보를 제공할 수도 있고요. 더 나아가서는 그 작품의 오디션에 참가할 수 있도록 힘써 줄 수도 있죠. 그렇게 되면 계약금은 좀 줄어들겠지만 원하시면 그렇게 해 드릴 수도 있습니다."

정광영은 잠시 혹한 표정을 지었지만, 이내 고개를 저으며 말했다.

"참, 지금 절 너무 만만하게 보시네요? 앞에서 누가 그런 말을 못 해요. 그래 놓고 계약하고 나면 나 몰라라 할 게 뻔한데. 나도 내 위치를 알아요. 나만 출연하게 하기도 바쁠 게 뻔한데 애들까지요? 말도 안 되는 소리를 남발하시는 거 같은데요."

태진은 씰룩거리려는 입술을 살짝 깨문 뒤 휴대폰을 꺼내 들었다.

"이미 알아본 것들은 좀 있습니다. 새로운 작품은 아니고 단원들과 어울릴 것 같은 작품을 좀 추려 와 봤습니다. 정식으로 조사를 한 게 아니라서 따로 자료를 준비하지 못한 점은 죄송해요. 정식으로 계약하시게 되면 보시기 편하게 자료 준비하겠습니다."

태진이 내민 것은 수잔과 국현이 봤고, 권은희에게도 보내 주었던 바로 그 자료였다.

제6장

—

손해 보지 않는 계약

정광영은 큰 기대를 갖진 않았다. 그저 계약하기 위해서 말도 안 되는 소리를 하는 것이라 생각했다. 다만 단원들의 얘기이다 보니 혹시나 하는 마음으로 휴대폰을 슬쩍 봤다. 아직 태진을 경계하고 있기에 휴대폰을 테이블에 그대로 놓은 채 몸만 살짝 숙였다.

"진짜 이것만 보고 갑니다."
"네, 그러셔도 돼요."
"내가 뭐라고. 어휴, 어?"

처음 보이는 장터국밥의 단원부터 눈길을 잡아끌었다. 장터국밥에서 주로 주연을 맡는 배우였다. 정광영은 자신도 모르게 휴대폰을 집어 들었다.

"어, 맞아! 그렇지."

태진이 적은 내용과 자신의 생각이 일치하는지 정광영이 고개를 끄덕거렸다. 태진은 관심 있게 보는 그를 보며 입술을 씰룩였다. 이것만 봐도 단원들을 많이 생각하고 있다는 것을 알 수 있었다. 태진은 설명을 조금 보탤 생각으로 입을 열었다.

"어떠세요?"
"헌웅이 부분은 정확한 거 같네요. 얘가 부산 토박이라서 발음이 좀 그래요."
"그리고 억지로 표준어를 쓰려고 하니까 억양이 부자연스러운 거죠."
"고친다고 열심히 노력하는데도 잘 안 되네요."
"그래도 평소에 사투리를 쓸 때는 자연스럽거든요. 그런데 표준어를 쓰려고 하면 거기에 신경을 쓰느라 제대로 연기가 되지 않는 거 같아요. 특히 시옷 발음을 할 때 그런 편이거든요. 사투리 쓸 때는 그런 게 전혀 없다가도 표준어를 쓰려고만 하면 시옷이 들어가는 대사부터 그래요."
"어……?"

정광영은 헌웅이라는 단원의 연기를 떠올렸다. 그렇게 오래 봐 왔는데도 정확히 어떤 부분인지 기억이 나진 않았다. 하지만 중간중간 이상한 부분이 있었다는 것은 확실했다. 태진의 말을 듣고 나니 그 부분인 것 같았다.

"제일 좋은 건 발음을 교정하는 건데요."
"걔가 혀가 좀 짧은 거 같은데."
"아니에요. 다른 부분은 전혀 문제가 없어요. 자기가 어색해하니까 자꾸 그 부분만 신경이 쓰이는 거 같아요. 교정을 하기 전까지는 차라리 아예 사투리를 쓸 수 있게 대본을 수정하든가 아니면 시옷 발음을 좀 줄이는 편이 좋을 거 같아요. 제가 추천드리는 쪽은 연기 스펙트럼을 늘릴 수 있게 발음 교정 하는 거고요."
"아……."

태진은 자리를 정광영의 옆으로 옮겼다. 그러고는 휴대폰을 같이 보며 설명을 이어 갔다.

"그리고 지금의 연기력만 놓고 본다면 이런 역이 어울릴 거 같아요. 익살맞은 연기를 참 잘하시더라고요. 그래서 '너와 설레고 싶어'라는 드라마가 있어요. 한 7년 전에 나온 드라마인데 아세요?"
"알죠. 다 보진 않았는데 인기 많았던 거라 지나가면서 봤었죠."
"거기에서 여주 오빠 역이 참 재밌는 역이거든요. 익살스러운 연기를 잘하는 최헌웅 씨하고 굉장히 잘 어울릴 거 같아요."

정광영은 그 드라마가 어땠는지 정확히 기억은 나지 않았다. 그래도 자신이 기억하는 장면을 떠올려 헌웅을 대입해 봤다. 그 결과 피식 웃음이 나왔다. 헌웅이하고 정말 잘 어울릴 것 같은 역이었다.

"그다음 분도 보세요. 제가 설명을 좀 보탤게요."

정광영은 손가락을 움직이려다 말고 갑자기 멈췄다. 그러고는 아까보다는 경계심이 많이 줄어들었지만, 그래도 약간은 의심을 하는 표정으로 물었다.

"팀장님이시죠?"
"네, 맞아요."
"그런데… 팀장님은 어떻게 저희를 이렇게 잘 아세요? 연습하는 거 한 번인가밖에 안 보셨잖아요."

정곡을 찌르는 질문에 태진은 바로 대답을 하지 못했다. 가면맨이 태진이고 태진이 가면맨이다 보니 가장 기본적으로 생각했어야 하는 부분을 생각하지 못했다. 그때, 수잔이 대화에 끼어들었다.

"그게 저희 일이죠. 저희가 항상 지켜보고 있었잖아요. 보고를 하고 같이 평가도 하고, 앞으로 발전해 갈 방향도 잡고 하니까 당연히 알죠. 그리고 한왕철 선생… 아! 가면맨 선생님도 많이 평가해 주시고 도움 주시거든요."

"한왕철……."

"그 이름은 못 들은 걸로 해 주세요. 선생님 정보 노출되면 저 잘려요. 부탁드려요!"

"후후, 네. 걱정 마세요. 우리 같이 한왕철 선생님한테 욕먹은 사이인데 모르는 척해 드려야죠."

"말씀하지 말아 주세요. 제발."

"후후후."

갑자기 한왕철이 된 태진은 정광영에게 보이지 않을 정도로 수잔을 보며 어깨를 살짝 들어 올렸다. 그러자 수잔은 대답할 수 없는 상황에 윙크로 답했다. 그래도 정광영에게는 제대로 먹혀든 것 같았다.

경계심이 사라진 정광영은 본격적으로 휴대폰을 읽기 시작했고, 때로는 놀라기도 했고, 때로는 공감하며 박장대소를 하기도 했다. 자신의 얘기가 나올 때는 굉장히 진지한 자세로 고개를 끄덕이기도 했다. 평가가 좋지만은 않았기에 기분이 상할 수도 있었을 텐데 오히려 인정하고 받아들이는 모습이었다.

"권오혁 대타라고 하더니 바로 드라마에 들어가네요."

"바로는 아니고요. 준비하는 과정까지 포함한 시기예요."

"그렇군요."

"드라마 출연료는 계약 후 플레이스하고 얘기하시게 될 거고요."

잠시 뒤, 모든 자료를 읽은 정광영은 약간 감탄한 듯한 표정으로 박수를 쳤다. 그러고는 태진이 자료를 보며 설명을 해 준 덕분인지 조금은 편안해진 표정으로 말했다.

"고맙습니다. 감동 좀 받았네요. 우리를 이렇게까지 관심 있게 봐 준 적이 없었거든요. 그런데 이건 정말 하나도 놓치지 않고 봐 준 거 같아서 너무 감사하네요."

정광영의 진심에 태진은 약간 멋쩍었다. 연극 프로젝트를 잘해 보려고 적은 내용들을 사용했을 뿐이었다. 게다가 대부분이 주연이 아닌 조연급으로 추천을 했는데도 정광영의 얼굴과 말투에서 고마워하는 마음이 느껴졌다. 그동안 너무 빛을 보지 못했기에 태진이 별거 아니라고 생각한 것이 정광영에게는 크게 다가온 모양이었다.

정광영은 다시 휴대폰을 훑어보더니 아까와는 완전히 다르게 공손하게 입을 열었다.

"제안은 감사한데 너무 갑작스러워서요. 저한테 생각할 시간을 좀 주실 수 있을까요? 길게 끌 건 아니고 하루 정도만 시간을 좀 주세요."

"네, 물론이죠."

"감사합니다. 그리고… 진짜죠?"

아직 확신이 가지 않는지 주어는 빠져 있었지만, 태진은 바로 알아듣고 대답했다.

"제가 말씀드린 대로 계약하실 수 있도록 최선을 다해서 돕겠습니다."
"그래요. 알겠습니다. 그럼 저도 연습이 있어서 일어나야겠네요. 같이 가시죠."
"저희는 앞에 주차해서 바로 가면 됩니다."
"그래요. 그럼 먼저 가 볼게요. 다시 한번 감사드립니다."

처음에 인상을 쓰며 들어왔을 때와 달리 지금은 생각은 많지만 고맙다는 표정으로 인사까지 하고 나갔다. 정광영이 나가자 태진은 일이 잘 풀릴 것 같은 기대감과 안도감에 한숨을 크게 뱉었다. 그러고선 수잔을 보자 그녀가 웃으며 손을 내밀고 있었다.

"하이 파이브 해야죠!"
"아! 네! 하하."

손바닥을 마주친 태진은 소리 내어 웃다 말고 급하게 입을 열었다.

"한왕철은 어디서 나온 거예요?"
"아! 이상해요?"

"의심하는 거 같아서 다른 사람 이름 말한 거 같긴 한데."

"역시 바로 아시네! 나도 내 순발력에 살짝 놀랐어요. 봤죠? 완전히 팀장님하고 가면맨하고 다른 사람으로 생각하잖아요."

"근데 왜 한왕철이에요?"

"이름을 말해야 더 그럴 듯하잖아요. 그리고 가면맨도 센 이미지니까 이름도 세 보이게! 한! 왕! 철! 완전 세 보이죠?"

알통이 나오는 포즈까지 해 보이는 수잔의 모습에 태진은 또다시 소리 내어 웃었다. 그러자 수잔도 같이 활짝 웃고는 다시 질문을 했다.

"그런데 플레이스에서 이 조건 받아들일까요?"

"받아들일 거 같은데요? 귀찮기는 해도 작품 정보는 엄청 많잖아요."

"에이, 그건 우리도 많죠. 오히려 더 많을걸요. 그리고 정보가 많다고 끝나는 건 아니잖아요. 그걸 일일이 어울리나 찾고 해야 되는데."

"그건 우리가 있잖아요."

"어?"

수잔은 잠시 어이없다는 표정으로 태진을 봤다. 그러고는 바로 알아차렸다는 듯이 화들짝 놀라며 말했다.

"완전! 쩔어! 이거 계속 우리한테 맡기라고 하려고 이런 거였어요?"

"겸사겸사 그런 거죠. 그런데 어울리는 작품 찾는 건 그렇게 어려울 거 같진 않아서요."

"그건 팀장님이나 안 어렵죠. 아무튼 대박이… 어? 그럼 계약금도 낮게 계약하면 우리가 더 가져갈 수도 있겠는데요? 그래서 아까 조건 받아들이면 계약금 낮아질 수 있다고 한 거였구나!"

"그렇죠."

"소름… 원래 이렇게 계획적인 사람이었어요?"

"그건 아닌데, 챙겨야 할 건 챙겨야죠. 수잔도 있고 국현 씨도 있으니까요."

"에이… 또 그러네. 그런데 플레이스만 손해 보는 거 아니에요?"

"플레이스에서 자기들이 하겠다고 할 수도 있어서요. 만약에 우리한테 맡기면 그런 생각이 안 들게 최선을 다해서 도우면 되겠죠? 그러다가 장터국밥 단원들하고도 계약해서 잘될 수도 있는 거고요."

수잔은 가만히 생각하더니 살짝 미소를 지었다.

"어려운 얘기인데 상상만 하면 되게 좋네요. 누구도 손해 보지 않는 계약!"

*　　　*　　　*

연습실로 돌아온 정광영은 장터국밥의 단장이자 자신의 친구인 우철을 불러냈다.

　"왜? 어디 갔다 왔어? 애들이 너 표정 화난 채로 나갔다고 걱정하던데 무슨 일 있어?"
　"아무 일도 없어. 그냥 어제 만났던 사람들 만났어."
　"또 왔어? 뭐라는데?"
　"계약하자고 그러지."

　태진에게 언질을 해 주었던 단장인 우철은 정광영의 대답을 기대하는 얼굴로 물었다.

　"그래서 하기로 했어?"
　"아직."

　우철의 기대감은 더욱 커졌다. 평소라면 단호하게 아니라고 대답했을 텐데 지금의 대답은 정말 아직 결정을 내리지 못했다는 의미였다. 여기서 부추기면 괜히 엇나갈 수도 있었기에 그냥 입을 다물고 광영의 말을 기다렸다. 그러자 광영이 우철을 힐끔 보더니 물었다.

　"안 궁금해?"
　"뭘 궁금해. 네 선택인데."
　"야, 궁금해하고 좀 그래라. 하아, 좀 고민돼."

"뭐가?"

"나만 계약한다고 그러면 바로 거절했을 건데 내가 계약하면 우리 애들도 도와줄 수 있을 거 같아서."

정광영은 계약에 관한 얘기를 해 주었고, 우철은 생각해 보지도 못한 제안에 내심 놀랐다.

"그런데 애들도 걱정이야. 아무리 도와준다고 해도 계약하는 건 나뿐이잖아. 그럼 분명히 섭섭해하고 서운해하는 애들이 있을 거라고."

우철은 없다는 말을 뱉고 싶었지만, 그렇게 되면 광영이 섭섭해할 것이기에 입을 다물었다.

"지금 너도 약간 섭섭하잖아."

"나? 난 아닌데?"

"다 알아. 지금 말도 안 하고 있잖아. 아무튼 애들도 걱정이라서. 아무튼 그 부분이 마음에 걸려. 그리고 내가 지금처럼 애들 챙겨 줄 수도 없기도 하고."

보다 못한 우철은 답답한 마음에 입을 열었다. 그동안 말할 기회가 없었기에 하지 못한 말들이었다.

"야, 쟤네들 니 애들 아니야. 누가 보면 지 새끼인 줄 알겠어."

"가족이나 다름없지."

"네 말대로 가족이나 다름없으면 누구 잘되면 축하해 주지 뭐 시기하고 그러냐? 말만 가족이라고 하지. 그리고 네가 애들 책임 지겠다고 하자. 지금 애들 끌어 주는 거 하고 스타 돼서 끌어 주는 거 하고 뭐가 더 승차감이 좋겠냐? 기왕 탈 거 리무진 같은 거 타면 좋잖아!"

"그러냐."

"진짜 안 섭섭해. 그리고 너 계약하고 나면 혹시 알아? 애들도 자극받아서 열심히 해서 너보다 더 좋은 계약 할지? 지금 너는 다 같이 똥통에 있자는 거야."

"똥통?"

"말이 그렇다는 거지. 개천에서 용도 나고 해야지. 미꾸라지만 살면 너무 슬프지 않냐?"

정광영이 빠져야 다른 단원들도 눈치 보지 않고 자신들의 앞 길을 찾아갈 것이었다. 다만 그렇게 말하면 정광영이 충격을 받 을 것이기에 최대한 돌려 말했다. 비록 돌려 말한 것이지만, 그 래도 말을 하고 나니 속은 그 어느 때보다 편안해졌다. 그리고 광영도 어느 정도 받아들이는 눈치였다.

"왜 화를 내고 그래. 너답지 않게."

"화 안 나게 생겼어?"

"알았어. 진정해. 애들 듣겠어."

"누가 보면 우리가 부부인 줄 알겠어! 어우, 소름! 자꾸 그렇게 얘기하지 마!"

"자식 오늘 예민하네. 하아, 그래도 애들한테 얘기는 해야겠지?"

"하려고?"

"하라며."

그때, 정광영의 휴대폰에 메시지가 도착했다.

[혹시 필요하실까 봐 아까 보셨던 자료 보내 드려요.]

태진의 메시지였고, 메시지를 본 정광영은 단원들에게 도움이 될 수 있을 것 같았기에 고개를 끄덕거렸다.

"뭔데."

"가서 보자. 너 그런데 혹시 연기 지도자 중에 한왕… 아니다."

"뭘 또 아니야. 한왕이 뭔데."

"아니야. 가자. 연습이나 하러 가자."

"계약 얘기 하는데 뭔 연습이야."

앞서 나가던 정광영은 뒤에 있는 우철을 힐끔 보더니 미소를 지었다.

"너, 리무진 타고 싶다며. 지금은 경차밖에 못 태워 줄 거 같아서 열심히 해야지. 일단 오디션부터 통과해야 되지만 해 보자.
전화번호가……"

무슨 말인지 이해한 우철은 마치 자신의 일인 양 기뻐하며 주
먹을 불끈 쥐었다.

『모방에서 창조까지 하는 에이전트』 8권에 계속…